KB019047

# 좋은 건 다 네 앞에 있어

좋은 건 다 네 앞에 있어

1판 1쇄 발행 2021년 12월 25일
1판 4쇄 발행 2022년 12월 28일

지 은 이 성전
펴 낸 이 신혜경
펴 낸 곳 마음의숲

대　　표 권대웅
편　　집 최현지 김도경
디 자 인 유미소
마 케 팅 노근수

출판등록 2006년 8월 1일(제2006-000159호)
주　　소 서울특별시 마포구 와우산로30길 36 마음의숲빌딩(창전동 6-32)
전　　화 (02) 322-3164~5 팩스 (02) 322-3166
이 메 일 maumsup@naver.com
인스타그램 @maumsup
용지 (주)타라유통 인쇄·제본 (주)에이치이피


ISBN 979-11-6285-101-2 (03810)

# 좋은 건 다
# 네 앞에 있어

지금 내 앞에 있는 좋은 것을
보게 해주는 혜안의 글

성전 지음

마음의숲

心爲法本 心尊心使

中心念善 卽言卽行

福樂自追 如影隨形

모든 것은 마음에 달려 있고

마음에서 생겨나 마음을 따른다.

좋은 마음으로 선하게 말하거나 행동하면

복되고 즐거운 것이 그를 따른다.

그림자가 그 주인을 따르듯이.

–《법구경》 중에서

# 좋게 보면 내가 좋아집니다

화단을 가꾸면서부터 꽃들이 얼마나 예쁜지 알게 되었습니다. 밤하늘을 바라보면서부터 별들이 얼마나 찬란하게 빛나는지 알게 되었습니다. 거칠었던 행동들이 잠드는 순간이었습니다.

말을 부드럽게 하자고 다짐하면서부터 내가 한 말들을 돌아보게 되었습니다. 참 나쁜 말들도 많았고 쓸데없는 말들도 많았습니다. 어찌나 부끄럽던지요.

맑은 마음을 지니고 살아가자고 마음먹은 순간부터 마음의 변화를 살폈습니다. 마음엔 수시로 먹구름이 떠다니고 때때로 천둥이 울고 번개가 쳤습니다. 제 마음에 저도 무서웠습니다.

자신의 작은 변화가 세상을 다르게 읽는 법을 일깨워줍니다. 차수叉手*를 하고 걷던 날부터 세상은 함께 살아가는 곳이라는 것을 알게 되었고, 침묵은 경청의 기쁨을 알게 하였고, 마음 챙김은 세상의 아름다움을 일깨워주었습니다.

살아가는 것은 마음을 바꾸는 일이라고 생각합니다. 마음을 바꾸면 기쁨이 찾아옵니다. 가난해도 웃으시던 아버지와 누가 비난을 해도 내 일 아니야, 하시던 노스님의 마음을 저는 하나씩 배워가는 중입니다. 그들이 만났던 기쁜 세상을 저는 찾아가고 있습니다.

우리는 언제나 지나가는 시간과 만날 뿐입니다. 누구를 원망하고 비난하는 것은 의미 없는 일들입니다. 지금 여기에서 사랑하고 감사하는 일이 우리가 해야 할 일입니다. 그러다 보면 당신은 세상에 좋은 것이 얼마나 많고 또 얼마나

* 두 손을 마주 잡음.

아름다운 세상에 살고 있는지 알게 될 겁니다.

밤하늘에 별들이 총총하게 빛납니다. 오늘은 내가 알았던 그리고 알게 될 모든 인연들을 향해 고맙다고 말하고 싶습니다. 그들이 있어 마음을 보고 글을 쓰고 책을 냅니다. 그들은 모두 제 마음의 하늘에 별이 되어 빛나고 있습니다.

당신이라는 이름의 별이 있어 세상은 참 좋은 것이 됩니다.

고맙습니다.

2022년 새해
성전 합장

차례

## 2

## 우리의 삶은 매 순간 새로운 시작입니다

## 3

## 아름다운 삶은 살아가는 사람의 정성에 있습니다

4

## 당신은 아름다운 인연을 간직하는 사람입니다

## 5

## 마음의 평화를 지니는 순간 현재는 영원이 됩니다

6

## 당신이 이 세상에 다녀가서 참 다행입니다

# 1

## 지금 이 순간

## 내 앞의 가장 좋은

## 나와 만나세요

## 좋은 것은 다 당신 앞에 있습니다

세상을 너무 부정적으로 보지 마세요.
우리 앞에는 의외로 좋은 것이 참 많습니다.
다만 당신이 그 좋은 것을 못 보고 있을 뿐입니다.
세상이 부정적인 것이 아니라
우리 마음 시각이 부정적인 것입니다.

세상은 당신이 보는 대로 보입니다.
그런데 당신은 왜 그것을 보지 못할까요.
매일 반복되는 보통의 일상이라고 생각하기 때문입니다.
내 앞에 있는 것을 사랑하지 않고
좋은 것은 밖에 있고 멀리 있다고 생각하기 때문입니다.

아침마다 일어나라고 잠을 깨우는 소리,
억지로 먹어야 했던 밥, 출근길에 만나는 사람들,
사랑하는 가족들, 벗들과의 만남,
좋아하는 음식, 힘들지만 성취감 있는 일,

퇴근길에 만난 아름다운 노을, 저녁밥 짓는 소리…….

이런 것들이 다시는 오지 않을 어느 날을 생각해보세요.
모든 것이 설레고 소중합니다.
눈빛 하나 말 한마디 그냥 지나치지 않게 됩니다.
사랑하는 바로 지금 이 순간을 살게 됩니다.
싫고 미운 사람이 아니라
착하고 좋고 연민 있는 사람들이 보입니다.

산이 있어서 보이는 것이 아니라
당신이 보니까 산이 있듯
어떤 상황에서도 즐거움을 보니까
즐거움이 있는 것입니다.
마음의 부정성否定性을 버리면 내 앞이
어두운 세상이 아니라 밝고 맑은 세상으로 다가옵니다.

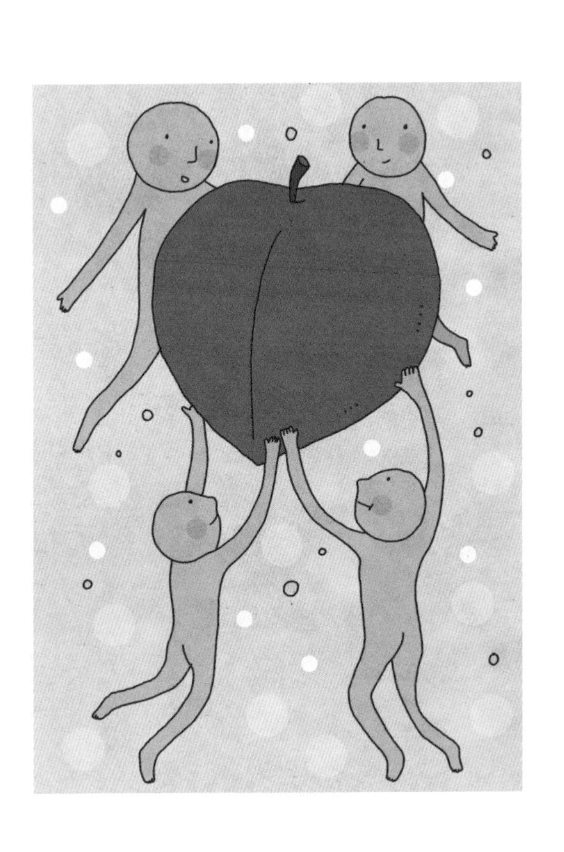

세상은 당신이 만드는 것입니다.
당신이 만든 세상 안에 당신이 살고 있을 뿐입니다.

좋고 소중한 것들은 지금 다 당신 앞에 있습니다.

## 내가 기쁘면 기쁜 일이 옵니다

긍정적인 생각은 마음을 밝게 해줄 뿐 아니라
삶 전체를 바꿔주는 놀라운 힘을 가지고 있습니다.
어떤 상황에서든 긍정적으로 생각하는 사람은
그 기운이 모여 결국 행복한 현실을 만들고
부정적으로 생각하는 사람은
그 마음이 아주 어두운 현실로 다가오게 되어 있습니다.

마음은 우리가 만나는 현실의 시작이 됩니다.
살면서 가만히 지켜보면
모두 다 스스로 만들어가는 것임을 알게 됩니다.
행복도, 불행도, 즐거운 현실과 고통의 현실도
모두 우리 스스로 만든 것일 뿐입니다.

그런 현실을 바꾸는 주체는 바로 자신이고,
그 자신을 바꾸는 일이 모든 것을 바꾸게 합니다.

나를 바꾸는 일,
그것은 마음을 바꾸는 일이고,
그것이 바로 수행입니다.

오늘 나는 기쁘다고 말합니다.
그리고 기쁨에 찬 내 모습에 주의를 기울입니다.
그러면 내 앞의 모든 것들도 기뻐 보입니다.
나무, 바람, 구름 그리고 내 주변을 감싼 현실 모두가
기쁨으로 충만해 있는 것을 느낄 수 있습니다.

내가 기뻐지면 기쁜 일이 옵니다.
이 마술 같은 힘을 믿으시기 바랍니다.

## 나는 존재하나 존재하지 않습니다

나는 언제나 '나 없는 나'를 만나고 싶습니다.
내가 없으면 나는 바람처럼 별처럼 미소 지을 수 있습니다.
나는 그러나 때로 나에 갇혀 바람의 노래를 듣지 못하고
별의 반짝임을 알지 못하고 시원始原의 자유를 알지 못합니다.
내가 있으므로 모든 것을 잃은 채 살아갈 때가 있습니다.

나는 나를 지우고 싶어
바람을 향해 두 팔을 벌리고 눈을 감습니다.
오래 눈을 감고 내 안의 무거운 나를 버리는 수행을 합니다.
결국 나는 보이지 않고
바람의 결만이 선명하게 다가섭니다.
순간 나는 바람과 하나가 됩니다.
이 무중력의 가벼움.

그 순간 나는 '나 없는 나'를 만납니다.
그 황홀에 나는 설렘을 느낍니다.

마음에는 슬픔 대신 알 수 없는 기쁨이 자리합니다.
일체一體는 이렇게 가능하다는 것을 깨닫습니다.

나를 나라고 말하면 버려야 할 것들이 나를 채우고,
나라고 말하지 않으면 반짝이는 가치들이 나를 채웁니다.
행복과 기쁨과 설렘과 자유.
바로 내 앞에 존재하고 있는 가장 좋은 것들입니다.
이것은 모두 내가 나를 극복한 자리에서
만날 수 있는 것입니다.

'나는 존재하나 존재하지 않는다'라는 존재의 진리가
우리에게 건네는 선물 같은 것입니다.

## 모든 것은 마음먹기에 달려 있습니다

세상사 모두 마음먹기 나름입니다.
마음 한번 먹기에 따라
한세상이 무너지고 한세상이 출현합니다.
마음에 따라 수억의 부처가 출현하고
또 수억의 세상이 탄생합니다.

부처인 사람은 날마다 불국토佛國土* 를 만나고
중생인 사람은 날마다 사바세계娑婆世界를 만날 뿐입니다.
오늘 괴롭다면 중생의 마음으로 살았다는 의미고
오늘 행복했다면 부처의 마음으로 살았다는 의미입니다.
그 선택은 내게 있고 마음을 어떻게 먹느냐에 달려 있습니다.

오늘도 당신이 부처의 마음으로 살아
행복한 세상과 만났으면 좋겠습니다.

* 부처님이 계시는 국토

## 삶이 힘든 것은
## 내 앞에 좋은 것을 보지 못하기 때문입니다

산사의 새벽은 황홀입니다.
이 새벽을 사랑하는 마음이 있기에
삶은 행복이 됩니다.

삶이 힘들다고 말하고
우울함에 쉽게 무릎을 꿇는 것은
우리가 사랑을 잊었기 때문입니다.
좋은 것들이 다 우리 앞에 있다는 사실을
잊고 살아가기 때문입니다.

가만히 둘러보고 귀 기울이면
가장 좋은 것들이 내 앞에 있다는 것을
깨닫게 됩니다.

하늘의 별, 길섶의 풀, 꽃……
눈을 감으면 떠오르는 얼굴들을 사랑한다면

우리 아무리 힘들어도 결코
세상을 버리는 일을 하지 않을 겁니다.

작은 것들을 사랑하는 일이
진정 지금 여기를 살아가는 일입니다.
사랑은 내 앞에 있는 좋은 것들과 함께
바로 지금 여기를 사는 가장 아름다운 일입니다.

## 오직 지금 이 순간을 생각하세요

과거를 생각하지 마세요.
나는 이미 과거에 없기 때문입니다.

불만을 말하지 마세요.
나는 이미 불만을 떠나 있기 때문입니다.

생각에 사로잡히지 마세요.
생각은 이미 사라져버렸으니까요.

지금만 주시하세요.
그 자리에 마음이, 과거가, 불만이 어디 있겠습니까.
지금엔 아무것도 없습니다.
다만 의식하는 나를 의식하는 내가 있을 뿐입니다.

우리는 너무 오래 과거를 끌고 다니며 삽니다.
마치 그것이 자신의 정체성인 양.

그리고 우리는 마음이 나라고 생각합니다.
모두 다 착각입니다.

과거의 나, 불만 속의 나,
생각 속의 나와 그만 이별하세요.
그리고 지금 이 순간 내 앞의 가장 좋은 나와 만나세요.

# 살면서 누군가를 아프게 하지 마세요

한 사람이 합장하고 기도를 올리다가
무릎을 꿇고 흐느낍니다.
쓰러져 우는 사람을 부축해 세우고
우는 연유를 물었습니다.
기도하는 동안 자신이 행한 모든 것이
너무나 선명하게 다가와 눈물이 났다고 합니다.

그러고 보면 우리의 행위는
그냥 사라지는 것이 아닙니다.
우리의 기억 깊은 곳에
고스란히 저장되어 있습니다.
특히 누군가를 아프게 했던 일들은
절대 잊히지 않습니다.
그것이 마음에 맺혀
눈물을 흘리는 날들이 반복됩니다.

누군가를 아프게 하지 말아야 합니다.
누군가를 아프게 하면
그 아픔은 어느 순간 내게 찾아와
내 마음을 더 아프게 합니다.

누군가를 아프게 하는 대신
차라리 자신이 아픔을 겪는 것이 좋습니다.
스스로 품었던 아픔은
언젠가 미소가 되어 찾아오기 때문입니다.
살아가며 누군가를 아프게 하지 않기를 기도합니다.

## 좋은 사람도 당신 앞에 있습니다

'그냥 같이 오래 있어만 주면 돼.'

얼마나 아름다운 말인가요.
아무런 바람 없이 사람을 사랑하는 말이
바로 그 말 아니던가요.
그것이야말로 조건 없는 사랑이 아니던가요.
그런 말을 해주는 사람은 멀리 있지 않습니다.
지금 바로 당신 앞에 있습니다.
그 사람을 사랑하세요.

생각해보면 우리들 사랑에는
얼마나 많은 조건이 자리하고 있나요.
남녀의 사랑만이 아니라
부모와 자식의 사랑에도 조건은 따라다닙니다.

그것은 기대가 있기 때문입니다.

이러이러해야 하고 이러이러한 사람이 되어야 한다는 것은
얼마나 견디기 힘든 무게인가요.
우리는 그것을 사랑이라는 이름으로 강요합니다.

사랑은 나를 비우는 것입니다.
그래서 지금 내 앞에 있는 좋은 사람을 알아보는 것입니다.
그 사람에게 어떠한 조건도 없을 때
그냥 같이 존재하는 것만으로도 고마울 때
비로소 사랑이 되는 것입니다.
좋은 사람이 앞에 오래 있게 되는 것입니다.

# 외로울 땐
# 내가 내 곁에 있다는 것을 기억하세요

마음속 애욕愛慾을 버리고
세속世俗을 그리워하지 않는 것이 출가의 정의입니다.
얼마나 멋진 말인가요.
그래서 출가자의 삶은 그 어디에도 걸리지 않는
자유로 빛나는 것이어야 합니다.
바람처럼 또 구름처럼 그 어디에도 걸리지 않는
삶을 살아야 한다는 이 당위當爲 앞에서
나는 때로 왜소해집니다.

외롭고 자주 쓸쓸해지는 내 삶이
자꾸 고개를 떨구게 하지만
외롭다는 것은 좋은 일이기도 합니다.
사람들 속에서 나는 내 곁에 없지만
외로움 속에서는 내가 내 곁에 있기 때문입니다.
우리는 외로워야 비로소 눈을 안으로 돌려
내 안에 있는 나를 보곤 합니다.

삶은 결국 자기 안에서 일어나는 쓰러짐의 연속입니다.
자기를 이겨낸 자는 삶을 웃으며 맞고
자기에게 져버린 자는
사라져버린 삶을 향해 눈물을 보일 뿐입니다.

외로울 때면 혹 삶의 시련이 시리도록 깊어질 때면
우리는 기억해야 합니다.
땅에서 넘어진 자 땅을 딛고 일어서듯이
자기 안에서 넘어진 자는
자기를 딛고 일어서야 한다는 사실을…….
그리고 외롭고 고될 때
내가 내 곁에 있다는 것을 기억해야만 합니다.
온통 어둠뿐인 순간에 내 안에서 또는 내 곁에서
나를 지켜봐주고 응원하는 나.
그것이 밝음을 향해 나아가는 길이 된다는 사실을
당신은 기억해야 합니다.

# 얼굴은 인생의 성적표입니다

나이 들수록 얼굴에 웃음이 그려져야 합니다.
얼굴은 자신의 인생 성적표이기 때문입니다.
나이 들어 얼굴에 짜증과 불만, 우울을 담고 있다면
당신은 인생의 낙제점을 모두에게
공개하는 것이 됩니다.
이만큼 살아왔으니
마음도 이만큼 넓어지고 따뜻해졌다는 것을
우리는 표정으로 말할 수 있어야 합니다.

나도 언젠가 스스로 생의 성적표를 받았다고
확연히 느낄 때가 다가올 것입니다.
그때 내 표정은 어떨지 궁금합니다.
하지만 그날이 오지 않아도
그날의 표정을 우리는 알 수 있습니다.
지금 살아가는 모습을 보면 알 수 있기 때문입니다.

내 표정은 이미 오래전부터

그리고 지금 이 순간에도 만들어지고 있습니다.

그러고 보면 삶에 거짓은 있을 수 없습니다.

먼 훗날 내 얼굴에 그려질 표정들이

따뜻하고 넉넉하기를 바라며 살아갑니다.

# 향기처럼 사는 연습을 해봅니다

매화꽃이 활짝 피었습니다.
새벽 도량에 나서면 별빛보다 먼저 꽃향기가 다가와
내 영혼을 씻어줍니다.
내 앞에 있는 가장 좋은 것과 만나는 순간입니다.
그 순간 나는 눈을 감습니다.

향기를 만나는 것은
눈도 아니고, 코도 아니고 영혼입니다.
형체 없는 향기는 그 어떤 장애나 다침 없이
내 정신의 가장 깊은 곳에 아름답게 낙하합니다.
나는 향기에 마음을 모으고,
향기 하나에 마음의 본향을 떠올립니다.
그리고 그 모든 생명에게
향기로 다가가고 싶다는 기도를 합니다.

향기는 가장 맑은 영혼의 눈뜸을 일깨워줍니다.

그저 은은하고 그윽하게 다가와
고요한 삶의 아름다움을 말해줍니다.
소리치지 말고 들뜨지 말고 고요하게 걸어갈 때
삶은 향기를 발하는 것만 같습니다.

그 누구에게도 거친 마음을 내지 않고
하늘 아래 작은 파문波紋 하나 남기지 않고
향기처럼 살아가는 연습을 해야만 하겠습니다.

## 당신이 세상을 소유할 수 있습니다

내 밖에서 나를 봅니다.
그때 나는 배우임을 알게 됩니다.
화를 내고 때론 울분을 토하기도 하지만,
그것은 다만 배우의 배역일 뿐입니다.

그런 배역을 열심히 수행하는 나를 바라보며
나는 지그시 웃습니다.
배우인 나는 우는데
그것을 바라보는 나는 미소 짓고 있습니다.

현실의 나를 바라볼 수 있는 내가
참나라는 것을 알고 있습니다.
상대가 나를 모함해도, 상대가 나에게 욕설을 퍼부어도
참나는 그것에 개의치 않습니다.

배우가 그것이 다만 역할이라는 것을 알고 있듯이

나 역시 그것이 그냥 지금 나의 역할이라고
생각하기 때문입니다.
참나는 현실의 나를 바라보며 어깨를 두드립니다.
그리고 다시 한번 그냥 배역일 뿐이라고 말해줍니다.

내 밖의 나는 아주 고요합니다.
그대와 마주하고 있는 내가 몹시 화가 났을 때도
내 밖의 나는 그 화를 소멸시켜버리고야 맙니다.
나를 내 밖에서 바라보며
나는 이제 세상을 소요할까 합니다.

# 외등은 외로워서 환합니다

밤은 또 찾아왔습니다.
인적 없는 어두운 골목길을 비추는 그 외등의 외로움.
바람이 불거나 낙엽이 지면 스스로 불빛을 흔들어
눈물 같은 불빛을 떨구었습니다.

가끔 처진 걸음으로 사람들이 지나갈 때면
외등은 그 뒷모습에서 눈을 떼지 못합니다.
뒷모습이 마치 둥그렇게 말린 눈물 같아 보여
오래도록 그 뒤를 비추고만 싶어합니다.

새벽이 찾아오고 날이 밝아서야
외등은 비로소 작은 불빛을 거둡니다.
밝은 세상에서 외등의 불빛은
너무 나약한 것이 되고야 말기 때문입니다.
처진 어깨에 둥글게 말린 등들도
아침이면 가슴을 펴고

종종걸음을 하며
사람들 속으로 사라져갔습니다.

사람들 속으로 걸어갈 때 외등은 눈을 감고
사람들 곁을 떠나 자기에게로 돌아올 때
외등은 비로소 그 빛을 비추었습니다.

낙엽과 눈발과 바람
그리고 자기에게로 돌아가는
사람들의 발길이 외등을 스쳐 지나갑니다.
외등의 불빛이 길처럼 그것들을 비춥니다.

# 당신에게 달콤한 향기가 납니다

향기는 존재의 가장 완성된 모습입니다.
그래서 꽃의 완성은 개화가 아니라
향기의 발산에 있습니다.
꽃은 피었으되 향기를 발산하지 않는다면
그것은 미완의 모습일 뿐입니다.

존재의 진정한 완성은
그 형상의 한계를 떠나는 데 있습니다.
향기는 스스로를 버리고 즐겁게 전체가 되는
무욕無欲의 행보입니다.
살아가다가 어느 향기 나는 삶의 모습 앞에서
우리가 행복하게 걸음을 멈추는 것도
그 향기를 닮고 싶기 때문입니다.

지금 우리가 기억해야 할 것은 삶의 향기입니다.
생선을 싼 종이에서는 비린내가 나고,

향을 싼 종이에서는 향내가 납니다.
욕망을 싸고 살았다면
그 인생에서는 악취가 날 것입니다.
그러나 무욕의 생애를 살았다면
그에게는 향기가 날 것입니다.

가슴을 적시는 향기 나는 삶을 살다가 떠나는 것이
이 세상을 찾아온 사람의 도리가 아닐까요.
그리고 다음 생에 누군가
우리가 남기고 간 이 향기를 맡고 미소 짓는다면
그것은 얼마나 흐뭇한 일인가요.

## 이렇게 살아서 사는 것이 늘 힘듭니다

언제 어디에 있을지라도 진정 마음을 사랑한 사람은
결코 좌절하거나 실망하지 않습니다.
그것은 마음에 대한 사랑을 버리는 일입니다.
마음을 사랑한 사람만이 행복하게 남을 수 있습니다.

사람들은 뒤처지기를 싫어합니다.
남들보다 앞서기를 원합니다.
사람들은 주눅 들기 싫어합니다.
남들보다 잘나 보이기를 원합니다.
사람들은 가난을 싫어합니다.
남들보다 부자이기를 원합니다.

우리는 이렇게 삽니다.
이렇게 살아서 사는 것이 늘 힘이 듭니다.

한번 생각을 바꿔 살아보면 어떨까요.

내가 뒤처져 있거나
누가 앞서가고 있다고 생각하지 말고
누군가 잘하고 있다고 생각하면 어떨까요.

비교하는 마음을 버리고 바라보면
그것은 그냥 좋은 일이 됩니다.
우리는 왜 남의 기쁨을 기뻐하지 못하고,
남의 앞섬을 축하하지 못하는 것일까요.

세상의 중심은 나라는 말은 비교하지 말라는 말이고,
분별하지 말라는 의미이기도 합니다.
그리하여 나 아닌 누군가의 삶을 향해
박수 치고 칭찬하라는 말이기도 합니다.

행복은 비교하고 분별하지 않기 때문입니다.
비교하고 분별하는 것은 불행의 몸짓일 뿐입니다.

불행의 몸짓을 벗어버리면
우리는 진정 축하해주고 기뻐해줄 수 있습니다.
그때 우리도 비로소 행복해집니다.

# 내 것은 본래 없는 것입니다

세상에서 행복한 일은
나를 잊고 세상을 연민하고
크게 사랑하는 자비의 마음을 베풀며
막히거나 거칠 것이 없는 삶을 사는 것입니다.
원효대사처럼 인생의 악보에 무애無碍를 그리고
신명나게 춤추며 사는 일입니다.

우리는 너무 경직되어 있습니다.
나다, 내 것이다 말하며 그것을 지키기 위해
자기 스스로 결박되어 살아가고 있습니다.

나, 내 것은 본래 없는 것입니다.
꽃이 햇살이 되듯, 햇살이 꽃이 되듯
우리는 자신을 잊고 무애의 춤을 추며
그렇게 살아갈 일입니다.

# 저 달에 이르고 싶습니다

달이 밝습니다.
길은 달빛을 따라 나 있습니다.
이 길을 걸으면 저 달에 이를까요.
길을 걷는 것만으로도
나는 언제나 세간에서 벗어나 있습니다.

멈추지 마세요.
멈추어 있는 것은 아무것도 없습니다.
멈출 때 비로소 괴로움은 시작됩니다.
멈추어 있는 것은 실체가 되어
외부에 존재하게 됩니다.

우리가 호명하는 모든 것들은
사실은 끊임없이 살아 움직이는 것들입니다.
움직이지 않고 고정되어 있는 것은 아무것도 없습니다.
반야般若로 보면 우리는

이 명사의 허구를 관찰할 수 있습니다.

관자재보살은 오온五蘊이 공함을 관하고서야
비로소 일체의 고액苦厄*에서 벗어났습니다.
괴로움에서 벗어나고 싶다면
오온이 공함을 보아야 합니다.
이 몸도, 느낌도, 생각도, 의지도, 인식까지도
내 것이 아니고 내가 아님을 알아야 합니다.
그 어디에도 내가 없다면
괴로움은 어디에 있는 것일까요.
오온을 나라고 집착하므로
우리는 괴로움을 만나게 됩니다.

달빛을 따라 난 길을 걷습니다.

* 고통과 액난 괴로움.

이 길은 새털같이 가벼운 길입니다.
이 길은 존재의 무게를 버린 자만이 걸을 수 있습니다.
나는 아직 저 달에 이르지 못했습니다.
가다가 떨어지고 다시 가다가 또 떨어집니다.
그래도 달빛을 따라가는 동안은 즐겁습니다.

내게서 민트향 같은 달빛 냄새가 납니다.
나는 다시 달빛을 기다립니다.

## 소유가 없다면 잃을 것도 없습니다

우리 존재의 크기는 얼마나 될까요?
그것은 생각의 크기이기도 합니다.
지금 이 육신이 자신의 실재實在라고 믿고 있다면
그 존재의 크기는 몸의 크기에 지나지 않을 뿐입니다.

그러나 자신이 인연에 따라 존재할 뿐이라고
믿고 있는 사람이라면
그 존재의 크기는 한정할 수 없습니다.
육신으로 상징되는 존재에 갇혀 사는 사람은
소유에 집착하며 살아갑니다.
그런 삶에는 기쁨이 없습니다.
소유는 기쁨이 아니라
상실의 슬픔을 결과로 남기기 때문입니다.

소유란 사실 잃음의 전제가 아닌가요.
소유가 없다면 잃을 것도 없기 때문입니다.

소유하되 '내 것'이라는 생각을 버릴 수 있다면
그는 소유의 집착에서 벗어난 사람이 됩니다.

이것은 '나'가 인연의 존재라는 사실을 깨달을 때
비로소 가능합니다.

# 모든 것은 다 내게서 비롯됩니다

살아 있는 모든 것들은 끝이 있기 마련입니다.
바쁘게 사는 것이 중요한 것이 아니라
아름답게 사는 것이 더 중요합니다.

나는 이렇게 믿으며 살고 있습니다.
욕망하며 꿈꾸는 모든 것은
이미 전생에 언젠가 해본 일이라고…….
그러니 부러워할 것도, 이루지 못했다고
아파할 것도 없다고 믿으며 살아가고 있습니다.

지금 이 자리에서 무엇이 되겠다고 꿈을 꾸기도 합니다.
하지만 그 꿈에 집착이나 미련은 없습니다.
그런 꿈은 삶의 원동력으로만 존재할 뿐입니다.

모든 것은 다 내게서 비롯됩니다.
누구를 원망하고 탓할 것도 없습니다.

그냥 내 탓이오, 하고 살면 편합니다.
순간적으로 참기 어렵겠지만
지나면 아무것도 아닌 것이 또한 세상일입니다.

내가 둥글어지면 남도 둥글어지는 것이
세상의 이치입니다.

# 2

## 우리의 삶은

## 매 순간 새로운

## 시작입니다

## 당신 앞에는 싫은 것보다 좋은 것이 더 많습니다

어두워지는 시간 방죽에 올라
불 밝힌 사람들의 마을을 바라봅니다.
하늘의 별들만 아름다운 것이 아니라
지상의 불빛 하나하나도
별처럼 아름답다는 생각이 듭니다.

이른 아침 역사에서 어깨를 웅크리고 서서
기차를 기다리는 사람들을 봅니다.
고된 몸을 일으켜 일터로 나가는 사람들의 마음속에는
난로보다 따뜻한 가족을 향한 사랑이 있습니다.

졸음을 참고 새벽까지 공부하며
자신의 미래를 준비하는 학생들,
혹여 건강을 해칠까 새벽녘에 일어나
가족들의 아침을 준비하고 도시락을 싸는
어머니의 모습은 세상의 풍경을 더욱 아름답게 합니다.

밤이면 하늘을 부드럽게 채우는 달빛과 별빛들
그리고 가슴을 잠재우는 바다와
먼 동경을 향해 길을 내는 바람들.
아침이면 햇살과 함께 활짝 미소 짓는 꽃들이
내게 세상의 아름다움을 선물합니다.

가만히 살펴보면 세상에는 좋은 것들이 너무 많습니다.
어쩌면 싫은 것보다 좋은 것이 훨씬 많아
힘들어도 우리가 살아가는지 모르겠습니다.
힘든 세상 왜 살아, 하고 누군가 내게 묻는다면
싫은 것보다는 좋은 것이
훨씬 더 많기 때문이라고 답하겠습니다.

아시나요, 세상은 보는 대로 보인다는 것을…….
산이 있어 보는 것이 아니라
보니까 거기 산이 있다는 사실을…….

우리 모두는 각자의 세상을 삽니다.
누구는 행복하고 누구는 불행하다는 것이
그 반증이기도 합니다.
같은 세상을 살고 있는 것 같아도
모두 자신의 세상을 살고 있습니다.
그러니 당신은 이 세상의 주인공입니다.
세상을 아름답게 가꾸는 것도 역시 당신의 몫입니다.

"좋은 것은 다 네 앞에 있어."
어릴 적 아버지는 불평불만을 말하는 내게
농담처럼 이 말씀을 건네셨습니다.
그 말씀이 인생의 정답이었다는 것을
이제야 알게 됩니다.
세상은 싫은 것보다 좋은 것이 훨씬 더 많습니다.

삶이 힘들어도

우리가 계속 살아가야 하는 이유이기도 합니다.
싫은 것은 아주 적고 좋은 것은 아주 많은 세상인데
싫다고 포기한다면
우리는 얼마나 어리석은 사람으로 남게 될까요.

가족, 연인, 친구, 꿈, 사랑……
듣기만 해도 기분 좋아지는 말들입니다.
하늘, 바람, 꽃, 바다, 별……
마음속으로 떠올려만 보아도 행복해집니다.
당신 앞에는 이 모든 것이 다 놓여 있습니다.
좋은 것이 많은 세상, 우리 이 좋은 것들과 친해지며
더 행복하게 살아야 하지 않을까요.
아버지 말씀이 참 고맙습니다.

"좋은 것은 다 네 앞에 있어."

# 과정을 중시하는 삶을 살아야 합니다

언제나 시작이 중요합니다.
그러나 늦었다고 후회할 일은 아닙니다.
우리 삶은 매 순간 새로운 시작이기 때문입니다.
인생에서 결코 늦은 때는 없습니다.

결과를 중시한다면
인생에서 느리고 빠른 때가 반드시 있습니다.
그러나 과정을 중시한다면
인생에서 느리고 빠른 때는 결코 없습니다.

결과를 중시한다면 때론 좌절하고 절망할 수 있겠지만
과정을 중시한다면 늦었다고 좌절하거나
이루지 못했다고 절망해야 할 아무런 이유가 없습니다.

결과냐 과정이냐.
이것은 우리 스스로 선택해야 하는 문제입니다.

그래서 인생은 끝없는 선택의 연속이기도 합니다.

과정을 중시하는 삶을 선택하세요.
그것은 곧 희망과 기쁨을 만나는 일이기 때문입니다.
삶은 과정이 있어 아름답다는 사실을
늘 기억하기 바랍니다.

## 삶을 받아들일 때까지 길을 걸어가세요

시린 길을 나서며 손을 모아 입김을 불어봅니다.
길게 이어진 길.
길을 걷는 내내 추위가 엄습해올 것을 압니다.

가지 않아도 되는 길.
추위를 이기며 굳이 그 길을 가야 하는 것은
내 가슴에 희망을 불어넣기 위해서입니다.
고통을 통해서, 고통의 극복을 통해서
새롭게 드러나는 자신을 만나면
이 긴 절망의 터널을 벗어날 수 있다고 믿기 때문입니다.

우리들의 절망은 언제나 삶을 분별하는 데 있습니다.
이 삶은 좋고, 저 삶은 내게 와서는 안 된다고 분별하기에
절망은 끊이지 않습니다.

삶이 그냥 우리를 통과하게 하세요.

삶을 받아들이고 그 삶이 우리를 통과하도록
조용히 기다릴 수 있다면
우리는 절망하지 않고 살아갈 것입니다.

추운 길, 언 손을 녹이며 걷는 것 역시
삶이 그저 나를 통과하도록
분별을 버리는 수행이기도 합니다.
삶을 그저 다 받아들일 때까지
나는 이렇게 길을 걸어갈 것입니다.

# 인생의 길이란
# 본디 돌아가는 길일 뿐입니다

앞으로 나아가는 길도 길이고
돌아가는 길도 길입니다.
길을 걷다 가끔 돌아가게 될 때도
너무 아파하거나 미련에 울지는 마세요.

사실 우리 인생의 길이란 본디 돌아가는 길일 뿐입니다.
앞으로 멀리 나아갈수록 돌아가기 더욱 멀어지는 것이
우리 인생의 길입니다.

이 세상 부와 명예의 길에서
누군가 저만치 앞서 있다고 해서 부러워하지는 마세요.
그가 다시 본래 없는 무일물無一物의 자리로 돌아오려면
갔던 길 이상의 수고와 노력을 해야만
돌아올 수 있을 테니까요.

이 세상은 어차피 돌아가는 길이기에

가난해도 미워하거나 눈물을 보이지 마세요.

가난해도 웃고 슬퍼도 웃을 수 있는 마음 하나만 있다면

가진 것이 없은들 무엇이 문제이겠습니까.

조금 가난하게 살기 그리고 조금 더 웃으며 살기.

이런 마음 하나만 있다면

삶에는 언제나 달빛이 은은하게 내릴 것입니다.

그 달빛 같은 삶을 위해

우리 오늘 가난해도 미소를 지으며 살아갑시다.

# 그래, 그만하길 다행입니다

살다 보면 어렵고 힘든 순간들을
자주 만나게 됩니다.
그리고 사소한 것에도 분노하는 경우가 있습니다.
그러나 그것은 자신을 힘들게 할 뿐입니다.
낙담과 분노의 무게는 얼마나 큰 것인가요.

그것은 때로 인생 전체를 망가뜨리기도 합니다.
그 하중에서 벗어나야만 합니다.
가볍고 자유롭게 살고 싶다면
마음을 바꿔가야만 합니다.
어떤 상황에서도 긍정적인 사고를 해야만 합니다.

절집에 들어와 늘 하는 일이
마음을 알고 돌이키는 일입니다.
그러나 그것은 어렵습니다.
화가 나면 화를 좇아가고

슬픔이 일어나면
슬픔을 향해 가는 마음의 발길을
막기는 쉬운 일이 아닙니다.

마음을 돌이키고 또 돌이키는 수행.
그것은 좌절의 순간에도 희망을 만나고
분노의 한가운데서도
마음의 평화를 만나는 일입니다.

"그래, 그만하길 다행이다"라고 하시던
어머니 말씀이 새삼 내게 힘을 줍니다.
어떤 역경 속에서도 그 말씀 하나면
희망을 향해 마음을 바꿀 수 있을 것만 같습니다.

희망을 볼 수 있고 위안이 되는 말씀 한마디가
가슴에 있다면 이 세상 무엇이 장애가 되겠습니까.

가슴에 꽃처럼 피어 나를 일깨우는 그 한마디.

"그래, 그만하길 다행이다."

## 온 마음으로 노력하지 않아 불행한 것입니다

인생이란 마술 주머니 같은 것입니다.
우리가 진정으로 무엇인가를 원하고
그 소원을 성취하기 위해 노력한 다음
손을 넣으면, 그 주머니 속에서
우리가 원하는 것을 건져낼 수 있습니다.

마술 주머니 같은 인생은
우리 노력의 손길을 기다립니다.
이 마술 주머니는 누구에게나 주어져 있지만,
노력하는 손길만이 그것을 열 수 있고,
노력한 손만이 원하는 것을 끄집어낼 수 있습니다.

삶이 늘 불행한 것은
지금 온 마음으로 노력하고 있지 않기 때문입니다.
지금 모든 것을 잊고 온 마음으로 노력한다면,
그 노력만으로도 우리는 충분히 행복할 수 있습니다.

행복을 향한 우리들 마음의 노력은
우리에게 기쁨을 주기 때문입니다.

모든 것은 내게서 시작합니다.
다른 것에 이유를 돌려야 할 까닭이 없습니다.
모든 것을 자신의 탓으로 돌리고
즐겁게 노력해갈 때 마술 주머니 같은 인생은
우리에게 기쁨과 행복을 내어줄 겁니다.

그러고 보면 노력은
이 마술과 통하는 지름길이 아닐까 싶습니다.
지금 온 마음으로 노력하는 사람만이
마술 주머니의 주인이 될 수 있습니다.

## 산다는 것은 누군가의 마음을 쓰다듬는 일입니다

낟알 익은 논길을 걷습니다.

농부가 마른논에 물을 댑니다.

누런 저 황금물결 위로 마음을 던져

헤엄쳐 나가면 무엇을 만날 수 있을까.

투명한 바람의 속살 혹은 오래 묵은 햇빛

아니면 농부의 구릿빛 웃음…….

논길을 걸으며 상상합니다.

가을 들녘은 매혹적입니다.

화려한 매력이 아닌 은근한 매력이 있습니다.

저 둥근 가을 들녘의 매혹 앞에서

나는 내 삶도 그러하기를 기도합니다.

내 삶은 언제나 익어

그렇게 황금빛 물결로 일렁일 수 있을까요.

너무 설익어 상처 주고 상처받는 악순환은
언제쯤 끝날는지 가을 들녘을 향해 묻습니다.

산다는 것은 저 가을 들녘처럼 익어가는 것입니다.
그리하여 한없이 둥근 물결로
누군가의 마음을 쓰다듬는 일입니다.
그 익음을 위해 오늘도 나는 기도합니다.

## 죽음이 항상 우리 곁에 있다는 사실을 기억하세요

삶은 언제나 떠나는 것입니다.
살아 있는 시간일지라도 우리의 삶은 떠나는 것입니다.
다만 우리는 오래된 관계 속에 머물며
이 떠남을 알지 못하고 있을 뿐입니다.
그러나 내 안에서 나도 떠나가고
당신 안에서 당신 또한 떠나갑니다.

오늘의 우리는 어제의 우리가 아닙니다.
다만 알지 못하고 있을 뿐입니다.
어제의 당신이 오늘의 당신이 아니라는 사실을…….

그래서 죽음은 슬픈 것이 됩니다.
마치 죽음이 갑자기 찾아오는 것처럼
알고 있기 때문입니다.

어쩌면 우리는 삶의 모든 시간이 다 지나가고 났을 때

죽음은 문득 온 것이 아닌
늘 우리와 함께 있던 것이라는 사실을
깨닫게 될지도 모르겠습니다.

우리는 삶에 집착하지 않고,
죽음에도 두려움 없이 살아야 합니다.
미움 없이 살아갈 수 있도록
이 무상한 삶의 도리를
언제나 깨치며 살아야 합니다.

# 삶은 나눔을 통해 완성되어가는 것입니다

하늘이 아름답게 빛나는 것은
별이 있기 때문입니다.
가을 들길이 아름다운 것은
그 길가에 꽃들이 피어 있기 때문입니다.
그대가 아름다운 것은
그대의 나누는 손길이 있기 때문입니다.
기꺼이 손 내밀어 누군가의 손을 잡아주고
기꺼이 손 내밀어 내가 가진 것을
누군가와 나눌 수 있기 때문에
당신이 아름다운 것입니다.

모두 다 혼자인 양 살아가는 세상에서
마치 별빛처럼 반짝이며 나누는 그 마음은
우리가 함께하고 있다는 사실을 일깨워줍니다.

우리는 어쩌면 오랫동안 혼자만 살아왔는지도 모릅니다.

어쩌면 앞으로 또 그렇게 살아갈지도 모릅니다.
그러나 그것은 다만 슬픈 일일 뿐입니다.
삶은 나눔에서 그 의미를 찾고
나눔을 통해 완성되어가는 것입니다.

한번뿐인 이 인생의 길 위에서
나눔은 별이 되고 꽃이 됩니다.

## 걱정과 미움이 엄습해와도 흔들리지 않는 마음 하나를 지니세요

우리가 살아가면서 미워하는 시간은 얼마나 될까요.
그리고 사랑하는 시간은 얼마나 될까요.
미워하는 시간과 사랑하는 시간 중
어느 시간이 더 많을까요.
아마도 미워하는 시간이 더 많을 것 같습니다.
사랑은 드물게 만나지만 미움은 언제나 만나게 되니까요.

서로 싸우고 헐뜯고 경쟁하는 삶의 모습은
미움이 사랑보다 얼마나 더 우리 곁에
가까이 있는가를 여실히 보여줍니다.
걱정은 가장 뜨거운 불이고 미움은 가장 큰 상실입니다.
미워하는 순간 우리는 모든 것을 잃게 된다고
부처님께서 말씀하셨습니다.

미움과 걱정으로 잃게 되는 것들은
실로 얼마나 소중한 것들인가요.

관용과 친절과 따뜻함, 그리고 사랑과 나눔의 아름다움을
미워함으로써 잃게 되는 것입니다.
이러한 마음의 보배들이 사라져버린다면
무엇을 일러 인생의 가치라고 말할 수 있을까요.

살아가면서 누구나 한 번쯤은
누군가를 미워해본 적이 있을 것입니다.
미워할 때 그 마음은 얼마나 괴로운 것이던가요.
지우려고 하지만 잘 지워지지 않는 것이
미워하는 마음입니다.

인생은 나고 드는 물결과도 같은 것입니다.
때로 미움이 드나들기도 하고 걱정이 드나들기도 합니다.
그때마다 마음은 그 넓음을 잃고
바늘귀처럼 좁아만 집니다.

물결이 드나들어도 바다 저 깊은 곳은 고요하듯이
때로 걱정과 미움이 엄습해와 나를 흔들 때도
흔들리지 않는 깊은 마음 하나를 지니고 살아가야만 합니다.

인생은 어쩌면 행복하기에도 짧은 시간인지 모릅니다.
바다의 저 깊은 곳이 나고 드는 물결을 그냥 지나치듯이
우리 역시 미움과 걱정이
그냥 지나치도록 내버려두어야 합니다.
사랑과 행복을 오래 간직하고 싶다면
미움과 걱정에 머물지 말고
바다에 나가 넓음을 배울 일입니다.

# 시련은 두려운 대상이 아닌 축복의 대상입니다

바람은 숲을 키웁니다.
바람을 견디지 않은 숲은 없습니다.
숲은 흔들리며 커갑니다.
흔들리지 않으면 성장은 먼 이야기일 뿐입니다.

우리들 삶에도 시련이 없다면 성장 또한 없습니다.
시련이 있어 깊어지고 강해지고 넓어집니다.
시련 없는 인생에서는 깊이를 느낄 수 없습니다.
시련을 통해 삶의 무늬가 만들어지고,
그 무늬가 있어 우리들의 삶은 아름다울 수 있습니다.

그러니 시련은 기피하고 두려워 밀어낼 대상이 아닙니다.
시련은 오히려 축복입니다.
시련이 다가오는 순간 어렵다는 생각을 내기 전에
내 삶의 스승이 찾아왔다고 생각하며
무릎 꿇고 시련을 경배할 일입니다.

나무는 바람을 이겨내기 위해 뿌리를 깊이 내립니다.
우리도 시련으로 깊어져간다는 사실을
기억하며 살아야겠습니다.

## 돌아가는 길의 준비는 모두 버리는 것입니다

세상은 잠깐 머물다 떠나는 곳입니다.
이 세상은 고향 찾아가는 길에 잠깐 들른
어느 아름다운 한 여로旅路일 뿐입니다.

세상을 구경하다 날이 저물면
우린 돌아갈 준비를 해야만 합니다.
그래서 늘 단출하게 있어야 합니다.
날이 저물 때 허둥거려서는
고향에 돌아갈 수 없기 때문입니다.

돌아가는 길을 잘 가기 위해 우리는
이 세상에서 얼마나 많은 준비를 했는지 궁금합니다.
그러나 돌아가는 길의 준비는
무엇을 저축하는 것이 아니라
우리에게 있는 모든 것을 버리는 일입니다.

돌아가는 길을 바르게 가기 위해서는
가벼워야 하기 때문입니다.
돌아가는 길은 의외로 얇고 약해서
무거우면 다른 길로 추락하게 되어 있습니다.
그리고 그 길은 또한 어둡기도 합니다.

그 길은 스스로 빛을 발해야 갈 수 있는 길입니다.
스스로 빛을 낼 수 없다면 그 길은 갈 수가 없습니다.
생명의 고향으로 돌아가는 길,
그 길을 잘 가고 있는지 내 안을 살펴봅니다.

## 내 앞에서 단풍이 말하는 소리를 들어보세요

단풍이 죽음까지도 물들여요.
붉게 물들어가는 부재의 시간들을 보며
이 세상을 떠나간 사람들은
입가에 단풍 빛 미소를 머금으시겠지요.
살아서도 좋았고 지금 이렇게 죽어서도 좋은걸,
그때는 왜 몰랐을까.

죽음 앞에 있는 것도 다 좋은 것이라는 걸
우리는 죽어야 비로소 깨닫게 되는 걸까요.
사실 극락이 아닌 곳이 없는데
탐욕은 언제나 극락을 피해 지옥만을 찾아다니지요.
우리는 또 유독 탐욕에만 끌려다니니
지옥은 쉽게 만나도 극락은 만나기가
언제나 어려운 것이 되고 말지요.

단풍은 살아 있는 사람만이 아니라

돌아가신 분들의 영혼까지 곱게 물들여요.

그러고는 단풍 아닌 시간이 없다고 조용히 속삭이지요.

하지만 그 소리는

탐욕을 다 버린 사람만이 들을 수 있지요.

당신에게는 들리는가요.

단풍이 속삭이는 소리가…….

## 자신을 나약하게 하는 것들을 사랑해야 합니다

그리움, 외로움, 그리고 슬픔과 같은 단어들은
존재의 약함을 상징하는 말들입니다.
젊어서는 그런 말들이 실감나지 않습니다.
그런 단어들은 젊음이라는 생명력 앞에서
바람처럼 지나가는 것에 불과합니다.

그러나 나이가 들면 그런 말들은
마치 입고 있는 옷처럼 몸에 와 감깁니다.
옷을 벗기까지 그 말들은 언제나
존재의 그림자가 되어 동행합니다.

외로움을 외로움으로 인정하게 되고
그리움을 그리움이라 말할 수 있을 때
만나는 삶은 새롭습니다.
그것은 바로 성숙을 의미합니다.
성숙해간다는 것은 결국 약한 것들을

사랑할 수 있는 마음을 익혀가는 것입니다.

보잘것없고 남루한 모습들을
따뜻한 눈길로 바라볼 수 있는
마음의 넉넉함이 바로 그것입니다.
모습은 자꾸 왜소해져가도
마음은 한없이 커가는 것이 나이 듦의 의미라면
나이를 먹는다는 것은 아름다운 일이 아닌가요.

## 어둠의 길도 밝음의 길도 당신이 만드는 것입니다

부처님이 기원정사에 계실 때의 일입니다.
어느 날 파세나디 왕이 찾아와 이렇게 물었습니다.

"부처님 한 가지 여쭈어보고 싶은 것이 있습니다.
사람이 죽으면 어떻게 됩니까?"

부처님은 파세나디 왕에게 인생의 길을 설명했습니다.

"인생에는 밝음이 있고 어둠이 있습니다.
그것이 다시 네 갈래의 길을 만들어갑니다.
어둠에서 어둠으로 가는 길,
어둠에서 밝음으로 가는 길,
밝음에서 어둠으로 들어가는 길,
밝음에서 밝음으로 돌아가는 길이 그것입니다.
그것 모두에 반드시 이유가 있습니다.

어둠에서 어둠으로 가는 길이란
비천한 가문에서 태어나
몸과 말, 생각으로 악업을 지어
다시 비천하게 되는 것을 말합니다.

어둠에서 밝음으로 간다는 것은
비천한 가문에서 태어났지만
몸과 말, 생각으로 선업善業을 닦아
훌륭하게 되는 것을 말합니다.

이와 반대로 밝음에서 어둠으로 들어간다는 것은
훌륭한 가문에서 태어났으나 악업을 지어
그 과보果報로 비천해지는 것을 말합니다.
그리고 밝음에서 밝음으로 돌아가는 길이란
좋은 가문에서 태어나
항상 몸과 말, 생각으로 선업을 지어

더욱 훌륭해지는 것을 말합니다."

길은 이렇게 길을 가는 자의 마음에 따라 달라집니다.
어둠의 길도 밝음의 길도
모두 우리가 만들어가는 것입니다.

그러므로 길을 걷는 자는
언제나 희망의 빛을 지니고 있어야만 합니다.
그래야 그 길이 밝음의 길이 될 수 있는 것입니다.

## 강물은 바다에 이르러 자기를 버립니다

좋았던 순간은 언제나 짧고,
영원을 함께하고자 했던 이들은
시간의 단절성 속으로 사라지고,

혼자라는 것을 어쩔 수 없이 긍정해야 하는 세상 속에서
나는 쓴웃음 한번 지으며 눈언저리를 훔쳐냅니다.
살아 있는 자의 슬픔은 오직 산 자의 슬픔일 뿐,
죽은 자의 슬픔으로 전이轉移되지는 않습니다.

생과 사의 단절처럼 슬픔이 단절되는 그 자리에서
주검은 한 생애를 고요히 누이고
찬찬히 살아생전의 기억을 지웁니다.
그리고 한 생애의 구속을 위로하며
그의 머리 위로 깊은 어둠의 베일을 덮습니다.

"강물은 바다에 이르러 자기를 버린다."

자기를 버리는 강물,

그 자리에서 바다의 한 맛으로

커다란 통일을 이루어내는 강물,

강가에 선 나무들의 뿌리를 적셔 수목을 키우고

사람들의 마음을 토닥이며

어머니처럼 후덕한 마음으로 흐르는 강물…….

우리의 생도 강물과 같이 흘러

주검을 커다란 통일로 맞이할 수는 없는 것인지요.

떠나는 자나 남는 자 모두 주검의 자리에서

잔잔한 미소로 서로를 보낼 수는 없는 것인지요.

# 깊은 산중에
# 홀로 사는 즐거움을 아시나요

깊은 산중에 홀로 살면 그 삶은 어떨까요.
혼자 사는 삶이 즐거운 이도 있겠지만
대개는 혼자 사는 그 삶을 견디지 못할 것입니다.
가끔 사람들은 이야기합니다.
첩첩산중에 가서 세상 시름을 잊고 살고 싶다고…….
그러나 그것은 꿈일 뿐입니다.

첩첩산중에 혼자 남게 되면
저자의 소식이 궁금하기도 할 테고,
또 사람들이 그리워지기도 할 것입니다.
아마 일주일을 견디지 못하고
저 시끄러운 세상 속으로 즐겁게 뛰어들고야 말 것입니다.

혼자 산다는 것은 쉬운 일이 아닙니다.
혼자 사는 사람은 그 정신적 기반이 튼튼해야만 합니다.
깊고 은은한 창조 정신의 기반을 구축하지 못한 사람은

혼자 살 수 없습니다.

혼자 사는 사람은 모든 생명이
동등한 가치를 지니고 있다는 것을 알고 있어야만 합니다.
꽃 한 송이 만나는 것이 귀한 사람 하나 만나는 것과
같은 가치라 여겨야만 합니다.
그래야 혼자 살아도
혼자 사는 것이 아닌 삶을 살 수 있습니다.
혼자 사는 삶의 즐거움,
그것이 자꾸만 아득해져가는 요즘입니다.

## 소리는 본래 있는 것이 아닙니다

계곡물이 불었습니다.
밤이면 물소리가 도량 전체를 씻고 흘러갑니다.
눈을 감고 누워 물소리를 듣습니다.

가물었을 때는 들리지 않다가
비가 와야 들리는 물소리.
물소리는 본래 있는 것이 아닙니다.
들어야 비로소 들리는 것이 소리입니다.

어디 물소리뿐이겠습니까.
이 세상 모든 것이 다 그렇게 존재합니다.
조건이 형성되어야 비로소 존재하는 것이
존재의 모습입니다.

조건이 사라지면 존재 또한 사라진다는 사실을
우리는 분명하게 인식하고 살아야 합니다.

나는 내가 아닙니다.
나라는 생각은 허망합니다.
무상한 것을 나라고 생각하기 때문입니다.
그러므로 내 것 또한 없습니다.

물소리 하나가 내 오만한 삶의 자리를 쓸고 갑니다.
겸손하게, 그리고 모든 것에 경배하며 살아야겠습니다.

3

# 아름다운 삶은 살아가는 사람의 정성에 있습니다

# 지혜로운 사람은 자연과 닮아 있습니다

산빛이 곱습니다.
녹음이 떠나며 남기는 선물입니다.
자연은 떠날 때 이렇게 아름다움을 남깁니다.

우리도 떠날 때 자연처럼
아름다움을 남기며 떠나야 합니다.
떠날 때 미워하고 증오하는 것은
세상 모든 것이 인연이라는 것을 모르기 때문입니다.
인연이 그러해서 그렇다는 것을 알면
미워하고 증오하는 일이 부질없다는 것을 알게 됩니다.
가면 가는 대로, 오면 오는 대로 맞이하고 보내는 것이
세상을 아는 지혜로운 사람의 모습입니다.

또한 이 지혜로운 사람만이
떠날 때 아름다움을 남길 수 있습니다.
그러고 보면 자연과 지혜인은 다 같은 것이기도 합니다.

떠날 때 아름다움을 남긴다는 의미에서 말입니다.

그렇게 살 일입니다.
떠날 때 아름다움을 남기기 위해
그렇게 지혜를 지니고 살 일입니다.

## 미워하는 마음을 너무 많이 지니고 사는 것은 아닌지요

즐겨 걷는 바닷가 마을의 집 앞에 철쭉이 피었습니다.
선홍빛 그 색이 아주 잔잔한 여운을 남깁니다.
꽃들은 얼마나 맑은 마음으로 시간을 걸어왔기에
이토록 아름다운 모습으로 피어나는 것일까요.
꽃이 꽃으로 피어나기까지의 시간을 알 수 있다면
그 길을 한번 걸어가보고 싶습니다.
그 길을 걸어 이 세상 꽃으로 피어나
열흘만 살다 가볍게 떠났으면 좋겠습니다.

열흘간의 세상 여행.
그것은 어쩌면 가장 아름다운 여행길인지도 모릅니다.
꽃들은 그 짧은 여행을 가장 아름답고 향기롭게 살다
미련 없이 떠나는 겁니다.
그런 꽃들의 여행을 한번 해보고 싶은 꿈을 꿉니다.

꽃 속을 걷는다고 생각을 하면

내 마음에도 꽃이 피고 꽃의 향기가 납니다.
내 마음의 풍경과 저 객관客觀의 풍경이 하나가 됩니다.
나는 그 순간 깨닫습니다.
세상 모든 것이 마음의 풍경이라는 것을…….
나는 그 마음 안에 아름다운 풍경을 그리고자 합니다.
분노나 미움이 아니라 사랑과 이해의 풍경을…….

화내고 미워하는 일을 우리는 지난 시간 동안
너무 많이 해온 것은 아닌지요.
그래서 마음의 풍경이 아픈 것은 아닌지요.
이제는 사랑과 자비의 풍경으로 마음을 채우고
모든 이에게 위안이 되는 삶의 자리를
내어주어야 할 때입니다.
길가의 철쭉처럼 말입니다.

# 침묵 속에서 소리의 아름다움을 배웁니다

계곡에 나가 앉아 이제 말라가는 물소리를 듣습니다.
안으로 스스로 깊어가는 물소리.
어느 날, 가을이 깊어지고 겨울이 오면
계곡은 그 소리마저도 지울 것입니다.
그리고 계곡을 스치고 지나가는 바람소리를 들으며
침묵의 소리를 갈고닦을 것입니다.
일체의 소리가 사라지고 적요寂寥를 통해
계곡은 침묵의 소리 속에서 소리의 아름다움이 무엇인지
하나하나 배워갈 것입니다.

우리에겐 침묵이 필요합니다.
너무 많은 말의 남용과 과식過飾 속에서
우리는 살아가고 있습니다.
그래서 진실한 말들을 만나지 못하고 있습니다.
사랑과 감사와 헌신의 가슴으로 말하는 그 진실한 말들을
우리는 몇 번이나 하고 살았을까요.

잡다한 말이 많은 자리에
진실한 말은 자리하지 못합니다.
잡다한 말이 사라진 자리에
진실한 말은 꽃처럼 피어납니다.

조금 더 침묵하고 조금 더 따뜻한 가슴으로
진실한 말을 잉태할 시간이 우리에겐 필요합니다.

침묵하기.
이것이 내 일상의 기도가 됩니다.

## 상처 속에서
## 회복의 진리를 깨달을 수 있습니다

부처님께서도 달빛을 무척이나 좋아하셨습니다.
그래서 탁발을 나가는 제자들에게
달빛과 같은 얼굴로 다니라고 당부하셨습니다.
달빛은 언제나 부드럽고 모든 아픔을 감싸주는
따스함이 있기 때문입니다.
아무리 도가 높다 하더라도 그 표정이 냉랭하다면
어떻게 기쁜 마음으로 재가자들이 보시할 수 있겠습니까.

수행자는 달빛과 같이
그 마음이 언제나 유연하고 착해야 합니다.
수행을 하면 반드시 그런 마음이 되기 때문입니다.
그리고 그 마음은 달빛과 같은 표정으로
드러나게 돼 있습니다.
부처님께서 탁발을 나가는 제자들에게
당부하신 말씀은 겉으로 드러나는 표정
그 이상의 의미를 지닌다는 것을 알 수 있습니다.

둥그런 한가위 달빛은
잠잠한 저수지에도 차고 넘쳤습니다.
저수지 표면에 그려진 달빛은 하늘에
아름다운 빛의 선을 하나 그리고 있는 것만 같았습니다.
우리는 달을 향해 합장하고 소원을 빌었습니다.
달빛 가득 머금은 보름달 앞에서
우리는 쉽게 기도를 멈출 수 없었습니다.
우리는 그만큼 빌어야 할 것이 많은 사람이었고,
상실의 아픔이 큰 사람들이었습니다.
그러나 그 모든 것에도 불구하고
달빛처럼 착하게 살려고
발원하고 있는 사람들이기도 했습니다.

산다는 것이 어떤 이들에게는 쉬운 일이기도 하지만
어떤 이들에게는 견디기 어려운 혹독한 것이기도 합니다.
오늘 나와 함께 달빛 아래 서 있는 사람들은 모두

삶이 아픔이 돼버린 사람들입니다.
그러나 또한 그 아픔을 딛고 일어서서
밝게 살아가려고 노력하는 사람들입니다.
역경 속에서 오히려 성장하고
상처 속에서 회복의 진리를 깨닫는 이들에게
이 보름의 달빛은 얼마나 간절하고 새로운 것일까요.

사는 것이 어찌 편하고 좋은 것만을
선택하는 일이겠는가요.
삶의 진정한 의미는 공덕을 짓는 것에 있는지도 모릅니다.
장수의 이유를 묻는 말에 공덕을 짓기 위해서라는 대답은
내 삶을 일깨우는 한마디로 가슴속에 남아 있습니다.
그 공덕은 달빛과 같은 또 다른 생의 시간을
우리에게 약속합니다.

## 서로 다른 모습들이 보내는 신호를 들어보세요

꽃샘바람에 몸을 움츠리는 것은
단지 꽃들만이 아닙니다.
하늘의 달도, 그리고 이 땅의 사람들도
모두 몸을 움츠립니다.
이처럼 똑같이 몸을 움츠리는 모습 속에서
하늘의 달도, 저 산의 꽃들도, 그리고 우리 사람들도
모두 하나라는 암호를 읽을 수 있습니다.

존재와 존재는 다른 모습을 지니고 살아도
서로가 서로에게 자신도 모르게 보내는 암호가 있습니다.
그것은 바로, 우리 모습이 달라도
저 깊은 곳에서는 하나라는 뜻의 암호입니다.

모든 물이 흘러서 바다에서 만나듯
그리하여 한 맛으로 통일되어 자신을 잊고 하나가 되듯
그 하나를 잊지 말라고 존재와 존재는

끝없이 신호를 보냅니다.

어떤 사람들은 그 암호를 해독하고
어떤 사람들은 그 암호를 읽지 못한 채
인생을 살아갑니다.
암호를 읽을 줄 알게 되었을 때
우리들 마음에 자비가 자라고
그 길은 평화의 길이 됩니다.

길을 걷다가 하늘에서, 저 들녘에서
생명의 암호를 만나 해독하고
자비의 마음을 낼 수 있다면 좋겠습니다.

## 무게가 있는 것은 언제나 상처가 납니다

햇빛은 눈부십니다.
그 빛은 높은 곳에서부터 내려왔어도
속도가 느껴지지 않습니다.
우리는 조금만 높은 곳에서 떨어져도
낙상의 아픔을 겪지만
이 봄날의 햇살에는 아픔의 흔적이 없습니다.

무게가 있다는 것은 언제나 상처가 난다는 것을,
나는 이 맑은 햇살을 보며 배웁니다.
햇살은 내게 다가와 말합니다.
무게를 버리라고…….
무게를 버리면 너도 자유로워질 수 있다고…….

우리는 너무 많은 무게를 지니고 살아가고 있습니다.
그래서 삶이 때로는 두렵고, 슬프고, 고통스럽습니다.
무게가 없다면 햇살처럼 해맑게

웃으며 살아갈 수 있을 텐데,
우리는 아직 그 무게 없음의 즐거움을
만나지 못하고 있습니다.

어떻게 해야 그것들을 만날 수 있을까요.
얼마나 버리고 버려야
떨어져도, 부딪혀도 아프지 않을까요.
가볍게, 가볍게,
저 햇살처럼 가볍게 이생을 건너가고 싶습니다.

# 당신은 우주의 축소판입니다

하늘은 잃어도
좁은 땅 한 평 잃을 수 없다는 것이 우리 마음입니다.
넓은 대양은 잃어도
작은 성취 하나 빼앗길 수 없다는 것이 우리 마음입니다.
저 새들의 자유는 잃어도
작은 권력 하나 잃을 수 없다는 것이 우리 마음입니다.

넓고 높고 자유로운 것 다 잃고,
낮고 좁고 부자유한 것 지키고 사는 것이
우리 삶의 어리석음입니다.

세상에 좋은 것 다 마다하고
그리 좋지 않은 것만 탐하는
이 어리석음의 삶이 그치지 않습니다.

웃고, 울고, 분노하고, 원망하는 모든 것이

어리석은 삶에서 나옵니다.
이 작은 땅 버리고
저 넓은 하늘을 사랑할 수 있다면,
이 부자유를 버려 저 바람의 자유를 사랑할 수 있다면,
우리의 삶은 어리석음을 벗어나
지혜의 길을 걸어갈 수 있을 겁니다.

그러면 하늘도 되고, 바람도 되고, 바다도 될 수 있습니다.
이 광활한 우주의 모습이 바로 우리입니다.
본모습을 버리고 작게만 사는 우리를 향해
바다는 오늘도 철썩입니다.

## 언제나 필요 이상의 것을 독식하려 합니다

눈이 옵니다.
하늘에서 내리는 눈은 하얗게 오지만
지상에 쌓인 눈은 오염에 검게 물듭니다.
눈이 오면 우리 사는 세상이 얼마나 오염되었는지 보입니다.
이 모두가 욕망의 결과입니다.

벌은 꿀을 채취하되 필요한 양만큼만 한다고 합니다.
이 꽃, 저 꽃 옮겨 다니며 채취하는 벌의 행보는
꽃에 집착하지 않습니다.
그 모습이 소유를 떠나 있습니다.
그래서 꽃과 벌은 상생相生의 관계로
아름다운 하모니를 냅니다.

그러나 우리는 그렇지 않습니다.
언제나 필요 이상의 것을 독식하려 합니다.
그래서 우리의 관계는 약탈의 관계가 됩니다.

서로 뺏고 빼앗기는 것이 우리의 세상입니다.

세상에 내린 눈은 검게 물들어갑니다.
우리 사는 세상의 색이
그 눈에 그대로 투영되어 쓸쓸합니다.

# 마음을 바꿔야
# 삶의 방식을 바꿀 수 있습니다

육신이 지켜오던 습관이란 얼마나 나약한 것인가요.
습관이 제2의 천성이라는 말은
어떻게 우리에게 진리처럼 인식될 수 있었을까요.
나라고 하는 것이, 나의 방식이라고 하는 것들이
모두 견고하지 못한 것일 수도 있기 때문입니다.
어쩌면 우리가 습관에 갇혀 살아가므로
스스로 그렇게 규정짓고 있는 것인지도 모릅니다.

삶을 대하는 방식을 바꾸는 것은
어려운 일이기는 하지만 불가능한 일은 아닙니다.
그것은 마음을 바꿈으로써 가능한 일이지요.
사실 어떠한 불행이나 고난도 그 자체로 문제는 아닙니다.
그것을 받아들이는 마음이 문제일 뿐입니다.

《법구경》에 이런 말씀이 있습니다.
'마음은 모든 것의 근본이 되며

마음이 주인이 되어 마음이 시키나니
마음으로 악한 일을 생각하면
그 말과 행동이 곧 악하게 되어
허물과 고통이 뒤따르게 된다.
마치 수레의 자국이 수레바퀴 뒤에 남듯이.'

모든 것이 마음의 문제라는 것을
우리는 얼마나 알고 있을까요.
마음을 바꾸면 삶을 대하는 방식이 달라진다는 것을
또 우리는 얼마나 알고 있을까요.
우리는 마음을 바꾸기보다는
언제나 대상, 세계를 바꾸려고만 노력해왔습니다.
그래서 우리는 별 대신 진흙만을 보고 있을 뿐입니다.

꿈을 이루지 못한 사람들은
그 이루지 못한 꿈의 짐을 지고 살아갑니다.

이루어야 할 꿈에는 희망이 자리하지만,
이루지 못한 꿈에는 절망이 자리합니다.
이루지 못한 꿈의 무게로 사람들은
열등감에 젖고 절망하고 목숨을 던지기도 합니다.

이루지 못한 꿈은 잊어버리는 것이 좋습니다.
이루지 못한 꿈은 이미 꿈이 아니기 때문입니다.
그런데도 우리는 여전히 그 꿈을 안고 삽니다.
그것은 마치 삼을 지고 가다가 금을 발견해도
지고 온 삼이 아까워 삼을 버리지 못하는
담마기금擔麻棄金의 어리석음을 범하는 것과도 같습니다.

## 지금 가지고 있다고 내 것이 아닙니다

세상의 모든 것은 세상의 것입니다.
내가 가지고 있는 것 역시 세상에서 빌려온 것입니다.
그래서 때가 되면 다 세상에 돌려줘야 합니다.

내 자식에게 물려주는 것은 올바른 빚 갚음이 아닙니다.
반드시 내 자식이나 친족이 아닌,
저 넓은 세상을 향해 돌려주는 것이
올바른 빚 갚음입니다.

우리가 어찌 재물만 세상에 빚지고 사는 것이겠습니까.
우리의 삶 역시 세상에 빚지고 있는 것입니다.
존재하고 있는 것 자체가 세상에 진 빚입니다.
공기도, 물도, 햇빛도, 양식도, 의복도, 집도,
그 모든 것이 세상의 것 아닌 것이 없습니다.

세상의 모든 것, 모든 사람이 내게는 채권자입니다.

나는 아무리 부자여도 채무자입니다.
우리는 겸손하게 살아야 합니다.
감사한 마음을 잊지 말아야 합니다.
그리고 세상을 떠날 때 내 모든 것을
그대로 돌려주고 가야 합니다.

## 소유가 나눔이 될 때
## 행복에 이를 수 있습니다

나눔은 내가 가진 것을 그대에게 드리는 것입니다.
그것은 나 혼자 가지고 있던 것을
우리가 함께 가지게 된 것을 의미합니다.

하나를 잃은 것이 아니라
그대와 내가 함께 가지게 된 것이니
하나를 더 얻은 것이 됩니다.
혼자 사는 세상이 외롭듯이
혼자 가지고 있는 것 역시 쓸쓸한 일입니다.

함께 사는 세상이 따뜻하듯이
함께 나누는 것은 행복한 일입니다.
목적 아닌 것을 목적이라고 생각하고 살면
그것은 전도된 꿈에 지나지 않을 뿐입니다.

소유가 그렇습니다.

소유는 목적일 수 없습니다.

행복을 위한 과정이 소유일 뿐입니다.

소유가 나눔이 될 때

우리는 비로소 행복이라는 목적지에 이르게 됩니다.

나만이 소유하면 불행이지만

함께 나누면 행복이 되는 것이

소유의 법칙입니다.

꽃들이 자신의 향기를 나누듯이

우리도 그렇게 마음을 나누며 살 일입니다.

# 삶이 고단한 것은 집착 때문입니다

어느 날 한 스님이 조주선사에게 물었습니다.
"하루 스물네 시간 동안 어떻게 마음을 써야 합니까?"

조주선사가 답했습니다.
"그대는 스물네 시간의 부림을 받지만
나는 스물네 시간을 부리고 있다네.
그대는 어떤 시간을 말하는가?"

집착하면 시간의 부림을 받지만,
집착을 버리면 시간을 부리고 살 수 있습니다.
쫓기며 사는 사람들은
마음에 흐린 구름만 더 얹을 뿐입니다.
구름 가득한 마음에서
어떻게 별을 떠올릴 수 있겠습니까.
집착하면 마음의 장난을 벗어날 수 없습니다.

삶이 고단한 것은 어쩌면 물질의 부족보다는
마음의 욕심과 번뇌煩惱가 많기 때문인지도 모릅니다.
그것은 이 세상 모든 부자가 행복하지 않고
가난한 사람들이 모두 불행하지만은 않다는
사실에서도 알 수 있습니다.

부자이면서도 불행해하고
가난하면서도 행복해하는 것은
행복과 불행이 우리 마음에
크게 의지하고 있음을 일깨워줍니다.

마음이 허전한 것, 외로운 것 역시 욕심의 실패에서 옵니다.
무엇을 하려고 집착하면 시간에 부림을 당하지만
그냥 가만히 내버려두면
그 시간은 그대 것이고 가난해도 만족해집니다.
텅 빈 충만입니다.

# 비 오는 날, 풀잎은 왜 젖지 않을까요

비가 오는 날 왜 풀잎은 비에 젖지 않는 것일까요.
비에 젖지 않는 풀잎은 나의 화두가 됩니다.
곰곰이 생각하며 길을 걷다가 젖어야 할 것이 없기 때문에
풀잎은 젖지 않는다는 답을 얻습니다.
그리고 나는 나의 답에다 공식을 대입해봅니다.
그 공식이란 부처님과 수보리라는 제자의 대화입니다.

부처님이 깨달은 자에게 물었습니다.
"깨달음을 성취했다는 생각이 일어나겠느냐."
그러자 깨달은 제자가 답했습니다.
"그런 생각이 없습니다."
부처님의 질문과 제자의 대답과 나의 생각은 일치합니다.
나는 고개를 끄덕입니다.
진리의 세계에서 '나'라든가 '주장'은
부질없는 것이기 때문입니다.
풀잎은 이미 진리였던 것입니다.

# 삶을 정성껏 사는 사람은 원망하지 않습니다

사람과 사람의 만남이 마음에 남기는 여운은 깁니다.
적어도 한 생애를 성실하게 살아온 사람과의 만남은
잔잔한 깨우침으로 다가옵니다.
건강할 때나 병들었을 때도
삶에 정성을 다하는 사람의 인생 여정은
어느 수행자의 행적만큼이나 아름답습니다.

삶의 아름다움은 재산이나 지위에 있는 것이 아니라
살아가는 사람의 정성에 있습니다.
이런 사람과의 만남은 거울처럼 나를 돌아보게 합니다.

삶을 정성껏 사는 사람은 절대 남의 탓을 하지 않습니다.
그는 병 때문이라고 말하지 않고
다른 이 때문이라고 말하지 않습니다.
억울하다고 항변하지도 않습니다.
탓하고 원망하는 대신

오히려 정성껏 그 모든 것을 받아들입니다.

병이 찾아오면 인생의 진리를 깨우치고,
남을 탓할 일을 만나게 되면 자신의 좁음을 반성하고,
억울함이 가슴에 차오르면
업연業緣 업보業報의 인연의 법칙을 돌아봅니다.

삶을 정성껏 산다는 것은
어느 순간에도 자신을 방치하지 않는 것을 의미합니다.
병에 좌절하고, 타인을 향해 분노하고,
억울함에 복수를 꿈꾸는 것은
정성을 다해 사는 사람의 자세가 아닙니다.

# 아프고 나서야 알게 되었습니다

몸에 병이 없던 시절 저는 교만했습니다.
그 무엇도 그리 감사하게 다가오지 않았습니다.
그러나 자리에 누워서야
저는 감사의 의미를 깨달았습니다.
내 두 발로 걸어 다니던 순간들도 고맙고,
나와 함께 시간을 보내주었던 사람들도
고맙게만 다가옵니다.

정작 모든 것과 함께할 수 없는 순간에야
그것들의 소중함과 감사를 깨닫게 된 것입니다.
왜 이렇게 늦게야 우리는 모든 것을 알게 되는 것일까요.
지금 알게 된 것들을
그때 알았더라면 얼마나 좋았을까요.

병석에 누워 저는 씁쓸하게 웃었습니다.
그리고 다짐했습니다.

다시 건강을 찾게 되면
내가 걸어갈 길과 내가 만날 모든 사람을
부처님처럼 섬기고 살아야겠다고…….

병상에 누워 있던 어느 날,
보살님 한 분이 프리지어 한 다발을 사 왔습니다.
그리고는 꽃말을 일러주었습니다.
천진난만한 소년이라고…….
꽃향기가 좋았습니다.
향기를 맡으며 저는
천진난만한 소년의 모습을 떠올렸습니다.

우리들 유년의 향기가 바로
프리지어 향기와 같은 것은 아니었을까요.
문득 프리지어 향기가 가득한
그 시절로 돌아가고 싶었습니다.

# 아름다운 것은 소리 없이 집니다

새가 숲에 앉았다 떠나도 숲이 울지 않듯이
사랑의 추억을 간직한 것만으로 살아갈 수 없는 것일까요.
마치 숲이 새를 기다리며 성장해가듯
사랑의 추억을 먹으며 살아간다는 것이
사람에게는 영원히 풀 수 없는 숙제일는지도 모릅니다.

결코 숲의 사랑을 닮을 수 없는 우리를 향해
부처님은 사랑하지 말라고 하십니다.
왜냐하면 사랑하는 사람과 헤어지는 이별의 고통을
우리가 감당할 수 없다는 것을
부처님은 알고 계셨기 때문입니다.

사랑은 집착이고,
그것은 우리 마음속에 소유의 탐욕을 일으킵니다.
우리는 그 탐욕 앞에서 한없이 어리석을 수밖에 없습니다.
우리들 사랑의 변주는

다만 삼독심三毒心*의 무원칙한 교차일 뿐입니다.

진정 사랑이 아름답기 위해서는
그것이 끝난 뒤에도 사랑을 기다리는
숲의 고요가 있어야 합니다.
마치 별이 떴다가 소리 없이 지듯이
사랑이 져버린 우리 가슴에도
그렇게 아름다운 고요가 드리워야 합니다.

숲이 새에게 자유를 주듯이
그렇게 오고 가고, 머묾이 없는 것이
진정한 사랑의 의미 아닐까요.

* 탐심, 진심, 치심의 세 가지 마음.

# 4

## 당신은 아름다운 인연을 간직하는 사람입니다

## 삼천 년의 생을 지나
## 당신과 내가 만났습니다

사람이 사람을 다시 만나는 데는
삼천 년의 생이 걸린다고 합니다.
그러니 우리의 만남은
정말 소중하고 소중한 것입니다.
지금 미워하면 우리 미움의 파동은
삼천 년의 생까지 이어지고
지금 사랑하면 우리 사랑은
삼천 년의 생까지 이어집니다.

지금 사랑할 일입니다.
지금 미워한다면 그 후회가
너무 깊게 이어지기 때문입니다.
지금 당신을 사랑하고
삼천 년의 생이 지나
당신과 아름답게 만나고 싶습니다.

지금 사랑한 인연으로
삼천 년 후에 우리 다시 만난다면
정말 아름답게 손잡을 수 있을 겁니다.
지금 사랑하며 가만히 눈을 감아보세요.
삼천 년의 생이 지나 아름다운 만남이
눈앞에 떠오를 것입니다.

나는 나무가 되겠습니다.
당신은 햇살이나 바람, 비, 혹은 달빛이 되어
내게 와주십시오.
그러면 우리는 얼마나 반가울까요.

삼천 년의 생이 지나 당신과 내가 만나고
또 삼천 년의 생이 지나
당신과 나는 아름답게 만날 것입니다.

## 우리는 가슴 벅찬 인연입니다

서로가 서로를 모른다고 말하지 마세요.
서로가 서로를 모르기에
함부로 대해도 괜찮다고 말하지 마세요.
오늘이 지나면 헤어질 사람이므로
그냥 건성으로 대하지 마세요.

지금은 잠시 기억을 놓쳐 서로 잊고 있지만
우리는 오래전 아주 깊은 인연의 사람들입니다.
그런 깊은 인연이 없었다면 지금의 이 만남을
어떻게 설명할 수 있을까요.

망망대해 같은 시간의 바다에서
한 잎 나뭇잎 같은 우리의 만남이
어떻게 가능한 것일까요.
그리고 오늘 우리 헤어지면
어떻게 다시 만나지 않는다고 장담할 수 있을까요.

지금 만났듯이
먼 훗날 어쩌면 우리는 또다시 만날 것입니다.
한 그루 나무로, 나뭇가지 사이를 지나는 바람으로,
꽃으로, 물방울로 혹은 아득한 어떤 메아리로
우리는 다시 만나 흐를지도 모릅니다.
인연은 인연을 낳습니다.
그것이 우리들 시간의 법칙입니다.

지금 우리의 만남이 얼마나 소중한 것인지요.
얼마나 가슴 벅찬 인연인지요.
당신을 다시 만날 수 있어 기쁩니다.

## 온전하게 존재하는 순간을 살아야 합니다

매화가 피었습니다.
매화꽃 그늘 아래 서서 향기를 맡으며
꽃을 바라보는 일이 요즘의 내 즐거움입니다.
꽃은 어찌 이렇게 예쁜 모습에
단아한 향기마저 지니고 있는 것일까요.

나는 꽃의 전생과 내생이 궁금해
가만히 꽃들에 물어봅니다.
그러면 꽃은 아무런 말도 않고
조용히 미소 지을 뿐입니다.
전생과 내생을 알고자 하는 것이 어리석음이라는 듯
꽃은 그냥 웃을 뿐입니다.

지금 행복하니, 지금 온 존재로 이렇게 살아 있는데,
전생과 내생은 의미 없다고 꽃은 말하는 듯합니다.
온전하게 존재하는 순간 그는 영원을 사는 것인데,

나는 그만 꽃망울의 그 웃음을 파악하는 데
한참이나 걸리고 말았습니다.

우리는 어리석은 존재들입니다.
그래서 살아도 영원을 살지 못하고,
삶과 죽음을 자꾸 분별하고,
오늘과 내일을 구분합니다.
어쩌면 우리는 시간의 철창에
갇혀 사는 것인지도 모르겠습니다.

꽃은 시간에서 자유롭고
우리는 시간에 구속되어
꽃의 웃음을 알지 못합니다.
그래서 우리는 날마다 꽃의 교실에서
향기로운 수업을 받아야 합니다.

## 당신 앞에 좋은 날들의 달력을 보냅니다

달력을 보며 벌써 한 해가 다 갔다는 생각이 들었습니다.
젊어서는 느끼지 못했던
시간에 대한 아쉬움이 묻어났습니다.
한 해가 가고 또 한 해가 온다지만 살아 있는 우리에게는
그냥 가는 시간만이 있을 뿐입니다.
우리에게 존재는 회귀回歸하는 것이 아니라
사라지는 것이기 때문입니다.

오고 간다는 것은
이미 사라짐의 일방성을 벗어난 자리입니다.
시간의 일회성을 벗어난 자리에 무슨 헤어짐이 있고
무슨 만남이 있겠습니까.
그 자리에서는 만남도 헤어짐도, 오고 감도
모두가 부질없는 말장난일 뿐입니다.

그래서 한 해의 안부를 묻는 인사는 안쓰럽습니다.

그것은 모두 흘러간 시간과
또 흘러갈 시간에 대한 인사이기 때문입니다.
그래도 그렇게 안부를 묻고 인사를 건네는
우리의 모습은 아름답습니다.
그것은 사랑하며 살아야 한다는
당위의 발원發源이기 때문입니다.

흐린 하늘 아래에서 당신께 달력을 보냅니다.
흘러간 당신의 한 해가 축복이었기를 바라며
당신께 달력을 보냅니다.
당신이 맞을 새로운 한 해가
온통 행복으로 꽃 피기를 바라며
당신께 달력을 보냅니다.

당신의 새로운 매일에 나의 기도가
힘과 위로가 되기를 발원하며…….

그리고 부처님의 가피加被* 가
당신의 새벽이 되기를 기원하며…….

* 부처나 보살이 중생에게 힘을 주는 일.

## 지금 여기에서 후회 없이 살 일입니다

미안했습니다. 고마웠습니다.
이런 말들은 가슴에 눈물을 남깁니다.
살다 보면 이런 말을 몇 번은 하게 되고
노을 같은 가슴으로 돌아서 우는 날도 있을 것입니다.

하지만 이 노을 같은 가슴이 있을 때
삶은 더욱 절실하게 다가오는 것이기도 합니다.
이런 가슴이 없다면 삶이 건네는 그 많은 이야기를
우리는 어쩌면 하나도 들을 수 없을지도 모릅니다.

세상을 떠나는 사람들은 이 마지막 한마디를 건네면서
그 어느 때보다도 세상이 건네는 이야기를
또렷이 들었을지 모릅니다.

우리는 언제나 모든 것을 늦게 알고 마는 사람들입니다.
그때가 지나서야 그 사람이, 그때가

얼마나 소중한 것인지를 알게 되는
어리석은 사람들입니다.

더 잘해주지 못해서, 더 곁에 함께 있어주지 못해서
가슴 저미며 세상의 시간을 내려서는 것이
우리의 모습일 뿐입니다.

신을 향해 마지막에 기도하기보다는
지금 여기에서 후회 없이 사는 일이
진정 우리에게 필요한 일입니다.

## 사람 사이의 길은
## 오솔길 정도가 좋습니다

대숲에 길이 하나 났습니다.
사람이 다니기엔 너무 큰길입니다.
사색을 하며 걷기에도
그 길의 폭은 너무 넓습니다.
사람의 길을 기계가 낸 까닭입니다.

사람의 길은 사람이 내야 합니다.
낫 하나 들고 풀들 툭툭 쳐가며 낸 길이라야
산책하기 좋은 길이 됩니다.
기계가 다녀간 길은 그저 넓은 길일 뿐
산책하기에 적합하지 않습니다.

길은 그 용도에 따라 넓이가 정해집니다.
찻길은 크고 넓어야 하고
사람 다니는 산책로는 오솔길이면 충분합니다.
이 길의 원칙을 무시하고 길을 낼 때

길은 길 아닌 길이 되고 맙니다.

사람 사이의 길은 오솔길 정도가 좋습니다.
사람 사이의 길이 너무 넓으면
소통의 과속과 과량으로 상처 입기 쉽습니다.
사람 사이에는 좀 조심스럽게
그리고 느리게 다가서는 것이 필요합니다.
그래야 상대를 볼 수 있기 때문입니다.
상대를 볼 수 있도록
새롭게 길을 다듬어야겠습니다.

## 당신을 그리워하는 것이 나의 일생이었습니다

당신을 사랑하는 것만으로는 부족해
온밤을 꼬박 새워 당신의 이름을 부릅니다.
당신을 그리워하는 것만으로는 부족해
바람 부는 날이면 산길을 걷습니다.
당신과 함께 머물고 싶은 마음만으로는 부족해
비가 오면 비에 젖습니다.

당신과 함께 눈을 뜨고 당신과 함께 눈을 감지만
그래도 더 당신과 함께하고 싶어
숨결마다 당신의 명호名號와 당신의 표정을 담습니다.
당신을 부르다 보면 내 마음 저 깊은 곳에서 차오르는
뜨거움과 떨림이 있습니다.

금생은 분명 아닌 듯한 어느 시간대가 내 안에 있어
아주 오랜 전생에 부르던 당신의 이름이 떠오릅니다.

오래 묵어 빛나지는 않아도
그때 그 생애의 나의 그리움과 사랑이
고스란히 당신의 이름 속에는 박혀 있습니다.
타는 그리움으로 부르던 그 이름.

아미타불阿彌陀佛!

그렇게 타는 그리움으로 아미타불!
내 생명의 시원을 부르는 소리에
나는 아득한 그리움에 젖습니다.

## 인연이 되어서 만나고
## 인연이 다해서 헤어지는 것입니다

꽃 피고 지는 세상은 아름답습니다.
꽃 피고 지듯, 만나고 헤어지는 우리의 모습도
꽃처럼 아름답습니다.
꽃이 피고 꽃이 졌다는 생각만 놓는다면,
우리가 만나서 기쁘고
헤어져서 슬프다는 생각만 내려놓는다면
우리는 언제나 아름다울 수 있습니다.

인연이 되어서 만났으니
인연이 다한 뒤에는 헤어지는 것이
당연하다고 말할 수 있다면
우리는 참 행복한 사람들입니다.

꽃은 피나 지고, 진들 또다시 필 테니
꽃이 진다고 무슨 설움이 있겠습니까.
우리 역시 만나면 헤어지고, 헤어지면 다시 만날 테니

무슨 이별의 아픔을 말하겠습니까.
설사 만나지 못한다면 그것도 인연일 뿐
무엇을 탓할 일이 아닙니다.

피고 져도 꽃은 아름답듯이,
만나고 헤어져도 지금의 이 살아 있음은 행복입니다.
행복은 인연을 따릅니다.
그냥 마음을 비우고 살아가면 될 일입니다.

# 삶의 아름다움은 성숙함에 있습니다

헤어져도 좋았던 시간만을 생각하고
함께했던 사람들에 대해 좋게 말하는 일,
이것이 성숙한 사람의 모습입니다.

아름다운 인연은 아름다운 인연으로 남아야 합니다.
세상이 어떻게 변할지라도
아름다운 인연을 간직하는 사람이 지혜로운 사람입니다.

살다 보면 좋은 기억보다
안 좋은 기억이 더 많은 것이 우리의 삶입니다.
아름다운 인연을 만나는 것 역시 쉬운 일은 아닙니다.
그러나 우리는 종종 아름다운 인연을 망가뜨리고는 합니다.

감정을 억제하지 못해서
시간의 변화와 세태의 흐름을 이기지 못하고
쉽게 추억 하나를 부숴버리곤 합니다.

이것은 정말 어리석은 일입니다.

삶의 아름다움은 성숙함에 있습니다.
성숙함을 잃어버리면
그저 추한 삶의 모습을 그려갈 뿐입니다.
성숙하다는 것은 받아들이는 것이고
아름다운 시간을 묵묵히 간직해가는 것입니다.

날알이 익어 곡식이 되듯
성숙해야 비로소 삶은 아름다울 수 있습니다.
아름다운 삶을 위해 걷는 사람들이 있어
오늘 우리의 하루 역시 조용히 빛납니다.

## 이 세상에 내 것은 하나도 없습니다

사는 것이 괴로운 것은 마음대로 되지 않기 때문입니다.
젊은 모습이 지속되기를 바라지만 몸은 곧 늙어버리고,
건강하기를 바라지만 병은 속절없이 찾아옵니다.

몸은 내 것이 아닙니다.
어쩌면 이 세상 내 것은 하나도 없습니다.
내 것이 없는데 내가 있다고 믿고 산다면
그것은 괴로움일 뿐입니다.

몸에 병이 오지 말라고 소리쳐도
병은 언제나 옵니다.
그 자유롭던 몸의 거동을 잃었다고
슬퍼하지는 마세요.
언제든 올 것이 왔다고 생각하세요.

건강도 인연이고, 병듦도 역시 인연입니다.

그 인연의 연속이 우리의 인생입니다.
인생은 언제나 이런 것입니다.
어떤 것이든 올 수 있고,
그 모든 것을 견뎌내야만 하는 것이 우리입니다.

병실에서의 삶과 병실 밖의 삶이 다르지 않습니다.
살아 있다는 그 사실 하나만으로도
우리는 감사하며 살아야 합니다.
혹여 우리가 세상을 다하는 어느 날 병실에서
이 세상에 내 몸도 내 것이 아니라며
떠날 수 있음에 감사의 기도를 올릴 수 있을 때,
삶은 비로소 축복이 됩니다.

## 마음에 허공을 품은 사람은 아름답습니다

허공은 형상이 없으므로
공간의 지배를 벗어나 있습니다.
그리고 그것은 똑같은 이유로
공간 역시 벗어나 있습니다.
허공을 바라보고 있으면 무한無限의 동경이 생기는 것도
형상이 없기 때문입니다.
형상이 있다면 허공은 이미 허공이 아닙니다.

무한이 아니라면
허공이라는 이름 자체가 걸맞지 않습니다.
그런 허공이기에 밤이면 별이 돋고 아침이면 해가 뜹니다.
온통 비움으로 인해 모든 것을 받아 꽃이 피고
사람들이 사는 것도 모두 허공의 품 안입니다.

형상을 지니고 있지 않다는 것이 얼마나 큰 미덕인가를
허공을 살펴보면 알 수 있습니다.

허공과 같은 마음으로 사는 사람들은

그래서 아름답습니다.

그들은 이미 허공에 집을 지은 사람들입니다.

## 스스로 갇힌 삶에서 벗어나야 합니다

일행은 천천히 바다를 끼고 걸었습니다.
바다에 내려가 앉아 담소를 하거나
파도소리를 들었습니다.
함께 길을 걸었다는 이유 하나로
우리는 이미 서로가 낯설지 않았습니다.

길이 그러하듯 우리는 걸으면서
고요하게 교감하고 있었던 것입니다.
그 모든 모습과 소리가 바다의 물결소리와
다르지 않다는 것을 느낄 수 있었습니다.
욕심을 버리고 이해관계를 떠나서 만나면
사람도 바다가 되는 것은 아닐까요.

서로가 서로를 경계하거나
나를 주장해야 할 이유가 없는 곳에서
사람은 누구나 바다처럼

하나가 될 수 있을 것만 같습니다.
어쩌면 우리가 바다가 되지 못하는 것은
나를 벗어나지 못하기 때문인지도 모릅니다.
나를 주장하고 내 것을 지키기 위해 타인을 경계할 때
우리는 섬이 될 수밖에 없습니다.

언제나 바다가 될 수 있지만
섬으로 살아야 하는 삶은 비극적입니다.
우린 그렇게 비극적인 삶을
스스로 선택해 살아가고 있습니다.
그러나 생각해보면 내 것이라고는 없습니다.
결국 세월에 모든 것을 내주어야 하기 때문입니다.

무언가를 잃거나 빼앗겼다고 통곡할 일이 아닙니다.
다만 그 시간이 조금 빨랐을 뿐
그 이상의 의미가 있는 것은 아닙니다.

내 것은 없습니다. 경계하지 마세요.
무언가를 잃을 것이라고 두려워하지도 마세요.

바다가 되겠습니다.
스스로 섬의 삶을 벗어나겠습니다.
길을 걸으며 나는 내게 이렇게 말을 건넸습니다.

## 마음 안에서 모든 것이 지나갈 뿐입니다

좁은 마음에 갇힌 우리는 언제나 반응합니다.
그래서 어떤 경계 앞에서도 자유롭지 못합니다.
반응한다는 것은 구속되어 있다는 것을 의미합니다.
이 구속은 생명의 참된 모습을 모르는 데서 옵니다.
형상에 집착하면 그 어디에나 구속될 수밖에 없습니다.

생명의 참모습을 아는 사람은 주시합니다.
주시함으로써 반응의 파고波高에서 자유롭습니다.
그래서 언제나 고요한 마음의 평화를 실현할 수 있습니다.

사람은 어떻게 성장해가는가.
체험을 통해서도 성장해가지만
진리에 대한 믿음을 통해서도 성장해갑니다.
우리 마음이 허공같이 넓다는 것을 알고 믿을 수 있다면
삶은 달라질 것입니다.
마음의 크기에 걸맞게 살아가는 사람은

그 어느 것도 다 받아들입니다.
분별로 인한 괴로움이 없습니다.
그 마음 안에서는 모든 것이 지나가는 것일 뿐입니다.

마음의 크기를 알지 못하는 사람은
언제나 부딪치기를 멈추지 못합니다.
터지고 깨져서 분노하고 슬퍼할 뿐입니다.
왜소한 삶의 끝은 초라할 뿐입니다.

바다와 부처님은 닮았습니다.
그들은 다 받아들입니다.
그래도 넘치지 않습니다.
우리는 이 바다와 같은 마음을 안고 살아가는
삶의 주인공이 되어야 합니다.

다 받아들일 수 있는가요,

아니면 분별하다가 저녁 해를 맞을 것인가요.

삶은 마음의 본래 크기를 찾아가는

여정이라는 것을 기억하세요.

# 한 번의 미움과 사랑에 삼천 생의 시간이 있습니다

사람이 사람을 만나는 인연은 얼마나 적은 확률인가요.
우리는 만나지 않을 확률이 훨씬 더 많은 사람입니다.
이 지구상에 존재하는 많은 사람 가운데
우리가 만나는 이들은 너무 적은 수에 불과합니다.

그런데 우리는 마치 우연처럼 만났습니다.
이 만남이 내게는 너무나 신기합니다.
그래서 내 앞에 서 있는 사람들이
더욱 소중하게 느껴집니다.

불교에서는 삼천 생의 인연이 있어야
이렇게 만날 수 있다고 합니다.
이 만남은 너무나도 긴 시간 후에야 오는 것입니다.

정말 소중한 만남 아닌가요.
우리가 만약 지금 누군가를 미워한다면

우리는 삼천 생의 긴 시간을 미워하는 것이 되고
우리가 지금 이 만남을 사랑한다면
우리는 삼천 생의 긴 시간을 사랑하게 되는 것입니다.

한 번의 미움과 사랑에
이렇게 큰 의미가 있다는 사실이 놀랍기만 합니다.

## 생의 모든 시간은
## 언제나 새로운 시작입니다

바다는 제게 언제나 스승입니다.
바닷가를 거닐며 저는 바다의 넓음을 배웁니다.
바다를 걷다 보면 제가 얼마나 좁은지를 깨우칩니다.
망망한 바다를 앞에 두고 앉아 있다 보면
제가 지닌 모든 것들이 부질없어 보입니다.
무엇 때문에 그리 안타까워하고 분노했는지
그 이유를 잊게 됩니다.

넓음은 그렇게 우리에게 사소한 것을
사소한 그대로 보게 한다는 것을 알았습니다.
또 바다는 삶의 모든 것이 그저 과정이라고 말해줍니다.
바다는 수평선을 한계로 하는 것 같지만
수평선은 그냥 과정일 뿐입니다.
그곳은 가도 가도 이를 수 없는 곳이기 때문입니다.

바다는 우리에게 삶의 결과에 집착하지 말라고 합니다.

그저 과정에 충실하라 말합니다.

우리들 생의 모든 시간은 언제나 새로운 시작입니다.
무엇도 늦었다고 말할 이유가 없고
망가졌다고 개탄할 이유도 없습니다.

그냥 희망 하나만으로 살라고
시간이 우리에게 말하고 있지 않습니까.
구름이 가려도 태양은 언제나 그 자리에 있듯
어려움 속에서도 우리는 항상
새로운 시작을 꿈꾸는 사람들로 남을 수 있습니다.

## 우리는 어떤 그리움으로 만난 것일까요

그리움이란 무엇일까요.

5월에도 녹지 않고 쌓인 백두산의 눈과 같은 것일까요.

씨앗이 꽃이 되기 위해서

흙 속에 누워 있는 시간 같은 것일까요.

그리하여, 그리하여 씨앗일 때부터 사랑한 별을

꽃이 되어 만나게 하는 것이 그리움은 아닐까요.

사랑하는 것들을 다시 만나게 하는 인연이 그리움이라면

우리가 지금 만나 미워하고 사랑하는 사람들은

어떤 그리움으로 다시 만난 것일까요.

# 5

## 마음의 평화를 지니는 순간

현재는 영원이 됩니다

## 평화를 간직한 사람이 되고 싶습니다

비가 옵니다.
비를 맞으며 바쁘게 사람들이 걸어갑니다.
마치 한 폭의 풍경화 같습니다.
그 속에 배인 삶의 고됨보다는
하나의 풍경으로 삶을 감상하는 나는
삶의 방관자일 수도 있고
관조자일 수도 있습니다.

나는 나를 그렇게 바라보고 싶습니다.
화낼 때 나의 모습과
슬플 때, 고통스러울 때 나의 모습을
그렇게 바라볼 수 있다면 좋겠습니다.

그리하여 분노에도, 슬픔에도, 고통에도
조용한 관찰자로 남았으면 좋겠습니다.

자극과 반응 사이에
그 틈을 정복한 관찰의 승리자가
나왔으면 좋겠습니다.

그러면 나는 언제나
평온한 사람으로 남을 수 있을 것입니다.
삶에 무엇이 오든
마음의 평화를 간직한 사람이 되고 싶습니다.

## 과거와 미래가 없다면
## 현재도 없습니다

과거는 회한悔恨을 남기고
미래는 두려움으로 다가옵니다.
회한과 두려움에서 벗어나려면
지금 여기에 있으면 됩니다.
지금 여기를 떠나지 않으면
우리는 회한도 두려움도 없는 삶을 살 수 있습니다.

과거나 미래는 실재하는 시간이 아닙니다.
현재도 역시 마찬가지입니다.
과거와 미래가 없다면
현재도 없기 때문입니다.

마음의 평정과 고요를 지니고 있다면
그 순간 우리는 지금 여기를 떠나지 않게 됩니다.
그리고 영원한 생명의 사람이 되는 것입니다.

오늘 하루를 영원처럼 살 수 있다면

당신은 아름다운 자유인입니다.

그 삶의 아름다움이 저와 함께하길 기도합니다.

## 아름답게 살아야만
## 아름답게 질 수 있습니다

벚꽃을 채 보지도 못했는데
벚꽃은 이제 거의 져버렸습니다.
차창을 스치고 눈발처럼 사라져가는 꽃잎을 보며
나는 가만히 눈을 감습니다.

너무 아름다워 내 가슴에 깊이 그려져 있는
그 모습을 만나기 위해서입니다.
꽃을 두 번이나 보았을까,
꽃은 어느새 이 세상에서 자취를 감춥니다.

꽃은 어디서 와서 어디로 가는 것일까요.
어디에도 없던 꽃이
봄이면 또 내 곁에 다가와 아름다워지라고 말합니다.
개화나 낙화 역시 아름다워야 한다는 것을
눈송이처럼 지는 꽃잎들이 말해줍니다.

아름답게 살아야만
아름답게 질 수 있다는 진리 하나를
차창을 스치고 지나가는
꽃잎의 속삭임에서 발견합니다.

꽃이 피고 지듯이
그리고 꽃이 향기를 남기고 떠나듯이
아름답게 사는 일,
오늘 나는 그렇게 살고자 두 손을 모읍니다.

## 조금만 참고 있으면 다 지나갑니다

조금만 참고 있으면 다 지나가는 것을
우리는 참지 못해 고통을 안고 살아갑니다.
화를 내고 인상을 쓰고 싸우기도 합니다.
그냥 두면 지나가고 사라질 상황을 세워놓고
눈덩이처럼 불려놓습니다.
분노를 만들어냅니다.

그냥 지나가게 놔두세요.
다 지나간다는 것을 알 때,
우린 평화로울 수 있습니다.

## 불행에 끌려가지 않는다면 행복을 만날 수 있습니다

산길 끊어진 곳에 산사가 있듯이
번뇌가 다 한 곳에 열반涅槃이 있습니다.
내가 다한 곳에 무아無我가 있고
불행이 다한 곳에 행복이 있습니다.

무엇을 두려워하고 살 일이 아닙니다.
짜증 내고 불만을 말할 것도 없습니다.
그저 담담히 받아들이면 됩니다.
그렇게 담담히 받아들이면
머지않아 모든 것들은 스스로를 해소하고
행복이 되고 열반이 되는 것입니다.

우리가 불행에 끌려가지 않는다면
우리는 능히 행복을 만날 수 있습니다.
그러나 불행의 부림을 받는다면
우리는 언제까지나 불행할 수밖에 없습니다.

불행에 부림을 받은 사람은 짜증 내고 안달하며
어쩔 줄을 모릅니다.
그러나 불행을 부리는 사람은
불행을 담담하게 받아들입니다.
실체가 없어 곧 사라질 것을 알기 때문입니다.

불행의 조수가 될 것인가,
불행의 운전수가 될 것인가는
우리 마음에 달려 있을 뿐입니다.

## 내 앞에 향기로운 커피 한잔만 있어도 참 좋습니다

아침에 커피를 내리며 문득 생각했습니다.

내가 이 세상을 떠날 때 만나고 싶은 마지막 맛은 무엇일까.

커피라는 생각이 들었습니다.

커피의 향기를 맡으며 지그시 눈을 감고

커피 한 모금 마시고 커피 향과 함께

떠날 수 있다면 좋겠다는 생각이 들었습니다.

사실 나는 커피를 잘 모릅니다.

커피를 내려 마신 지는 오래지만 천성이 무디고 게을러

커피를 알려고 하지 않았습니다.

그래도 아침이면 커피를 내리고

그 향기를 맡으며 커피를 마십니다.

그리고 그 앞에 있는 시간이 참 좋고 행복합니다.

마치 이슬에 옷이 젖듯

커피는 이제 나의 동행이 되었습니다.

쌍계사에 머물 때 산중 토굴에서
새벽이면 알불에 커피를 로스팅해서
선방에 공양을 올리던 스님과 같을 수는 없겠지만
나는 커피의 모든 것을 사랑하고 있는 것만 같습니다.
세상을 떠날 때 마지막으로 몸에 담고 싶은 것이 커피라면
그것을 사랑이라고 말해도 되지 않겠습니까.

나는 커피를 모릅니다.
다만 오래 마셨을 뿐입니다.
그러나 커피는 어느새 가슴 깊이 와 있습니다.
온다는 통보도 없이 마음에 자리한 커피…….
우리도 이렇게 사랑해야 하는 것은 아닐까요.
강요하지도 않고 부담을 주지도 않고,
곁에 있는 줄 몰랐으나 어느새 내 안에 있는 내 앞의 사람.
이런 소리 없는 사랑을
우리 모두는 꿈꾸고 있는 것 아닐까요.

커피를 내립니다.
커피의 향이 마음을 은은히 감쌉니다.
내 마음이 커피의 향에 순하게 젖어듭니다.
비로소 마음에 향기가 배어나옵니다.
삶은 깊고 은은하게 살아야 한다는
향기의 가르침을 듣습니다.
우리는 너무 나서는 삶을 살고 있는지도 모릅니다.
그래서 나도 타인도 상처받고 있는지도 모릅니다.
그러나 은은한 향기에 어디 상처가 있겠습니까.

내가 이 세상을 떠나는 날 커피 한 모금 마시고 떠난다면
깊고 은은한 삶을 살았다는 삶의 증거가 될 것입니다.
깊고 은은한 삶을 살았다면 더 이상 무엇을 바랄까요.
떠남까지도 행복하지 않겠습니까.
커피 향을 남기고 떠나는 삶.
오늘 아침 나는 그런 삶을 그립니다.

# 고요하고 평화로운 시간을 찾아가세요

아무래도 좀 외롭게 살아야겠습니다.
삶이 너무 번거로우니
영혼의 눈이 흐려지는 것만 같습니다.
좀 더 고독하게, 그러나 쓸쓸하지는 않게 살고자 합니다.
예민한 촉수를 지니고 마음의 결을 느끼며
별의 운항과 꽃의 행적을 좇는 삶을 살아야겠습니다.

혼자 있는 삶을 너무 등한히 하고 살아왔습니다.
그래서 이제는 혼자 살아가는 삶의 모든 것을
잊어버린 것만 같습니다.
그 보석 같은 삶의 시간을 잃어버리고
나는 지금 나도 알 수 없는 곳에 와 있습니다.
고요하고 평화로운 맑은 시간대를 찾아가야겠습니다.
그리하여 삶의 어느 시간에도
평화로운 사람으로 남아야겠습니다.

# 받아들이며 살면 됩니다

받아들이면 그 끝은 언제나 평온할 수 있습니다.
그러나 받아들이지 못하면
그 끝을 보기도 전에 쓰러지고야 말 것입니다.
땅이 모든 것을 받아들여 꽃을 피우고 열매를 맺듯
그렇게 우리도 받아들이며 살 일입니다.

그러다 보면 우리 인생에도
관조觀照와 수용受容의 열매와 꽃이 피어날 것입니다.
삶은 대지와 같아서 받아들여야 한다는 것을
이제야 서서히 깨닫습니다.

## 어려움은 밖이 아니라 안에 있습니다

꽃이 피는 산사의 소식을 전합니다.
가끔 황사가 찾아와도 이 산사에는 꽃이 피어납니다.
황사가 아무리 짙어도 꽃들의 웃음은 환하게 빛납니다.
꽃을 보면 미소가 그려집니다.

세상살이가 힘들고 어려워도 웃음은
포기할 일이 아니라는 것을 배웁니다.
황사가 와도 웃고 있는 저 꽃들을 보면서
어려움은 밖이 아니라 안에 있는 것이고,
그래서 그 어려움 극복하고
웃는 것이 가능하다는 것을 알게 됩니다.

세상살이가 힘들어도
내 마음속에서 힘들다는 생각을 내지 않으면
그것은 어려움이 아닙니다.
그러고 보면 어려움은 스스로 지어나가는 것입니다.

꽃인들 어찌 어려움이 없겠습니까.

그래도 꽃들은 날마다 웃습니다.

산사에 피어난 꽃들의 소식을 이제야 알겠습니다.

꽃 피고 새들이 노래하는 이 소식을

여러분도 꼭 만나길 기도합니다.

# 가을이 더 깊이 가슴으로 들어옵니다

노을과 붉은 단풍 낙엽이 무성합니다.
인생의 전 장면을 유추하기에 충분한 소재입니다.
단풍처럼 생을 물들이고 노을처럼 머물다가
낙엽처럼 떠나가고 싶습니다.
노을의 따뜻함과 낙엽의 가벼움을 기억하고 싶습니다.
나의 노년을 그렇게 맞고 보내고만 싶습니다.

그래서일까요.
낙엽을 밟을 때마다 낙엽의 바스락거리는 소리에 매료됩니다.
그 소리의 가벼움이 이렇게 매혹적으로 들리는 것은
삶이 한없이 가벼워지기를 바라는
나의 발원 때문인지도 모릅니다.
나무처럼 하나둘 자기를 비워가면 삶이 끝나는 자리에서
낙엽이 내던 소리를 만날 수 있을까요.
나이가 들어 내가 가장 바라는 것은
무욕한 존재의 가벼움을 만나는 것입니다.

오래전, 이 세상을 떠나는 이에게서
보시를 받은 적이 있습니다.
이미 세상을 떠난 언니의 유언이라며
동생들이 통장과 그 통장의 돈을 가지고 찾아왔습니다.
언니가 돌아가시며 스님께 전하라고 유언을 하셔서
이렇게 왔다는 동생들의 말을 들으며
나는 한동안 침묵할 수밖에 없었습니다.
스님께서 서울까지 방송 다니시는 길 차비나 하시라고
언니가 틈틈이 조금씩 모은 돈이라는 말을 듣는 순간
가슴이 먹먹했습니다.
그의 마지막 마음이, 아직 책갈피에 끼워진 붉은 단풍잎으로
제게 남아 있습니다.

나이가 든 것일까요.
가을이 더 깊이 가슴으로 들어옵니다.
제 곁을 지나간 고운 마음들은 가을이면 단풍잎처럼

고운 얼굴로 가슴에서 다시 살아납니다.
그때마다 맑아지는 마음의 결을 봅니다.

가을이면 내 마음속에는 단풍잎같이
고운 마음들이 함께 모여 아름다운 삶의 시를 씁니다.
내 인생의 시에 써야 할 마지막 말이
'고맙습니다'라는 것을 나는 알고 있습니다.
인생이 이렇게 고마움이라는 것을 알아버린
내 마음의 빛은 단풍을 닮은 것만 같습니다.

'당신이 있어 내 마음에 노을이 삽니다.
당신이 있어 나는 햇살이, 달빛이
왜 낮은 곳을 향해 내리는지 생각하게 됩니다.
당신이 있어 내 마음을 비워
바람의 이야기들로 가득 채우게 됩니다.
당신이 있어 서툰 글씨로 사랑의 일기를 씁니다.

고맙습니다.
당신이 있어 저녁 산길에 서서
감사의 기도를 올립니다.'

단풍잎들마저 떨어져버린 텅 빈 산길에 서서
나는 고운 마음들을 향해 합장하고
'고맙습니다'라는 긴 인생의 시를 씁니다.

## 통찰은 자유의 길이 됩니다

마음에 미움이 일어납니다.
순간 미운 대상이 있는 것이 아니라
미워하는 마음이 있을 뿐이라는 말씀을 떠올립니다.
밖이 아니라 안의 마음이 문제인 셈입니다.
미운 대상과의 접촉에는 우리 마음이 작용합니다.
그래서 밉다는 느낌이 발생합니다.

모든 느낌에는 감각기관과 대상과
마음이 함께 작용합니다.
그러니 밖을 향해 미워하고 원망하는 모든 몸짓이
결국은 자신을 향한 것임을 알게 됩니다.
그것은 자신을 스스로 괴롭히는 것이고
자신에게 상처를 남기는 일입니다.
남을 향한 모든 원망과 분노를 멈춰야 하는 이유입니다.

연꽃은 진흙 속에서 스스로 꽃을 피웁니다.

그래서 연꽃의 향기는 그윽하고 자태는 아름답습니다.
연꽃의 어디에서도 진흙을 향한 미움과 원망을
읽을 수가 없습니다.
안을 보아 마음을 살피는 일은 이렇게 아름다운 일입니다.

밖이 아니라 안을 볼 일입니다.
안을 보면 우리는 언제나
아름다운 사람으로 남을 수 있습니다.
이 통찰의 긴 행렬이 자유의 길이 됩니다.

## 당신의 아침에 오늘도 해는 떠오릅니다

아침이 아침인 이유는 해가 뜨기 때문입니다.
비바람이 불고 먹구름이 하늘을 덮어도
해는 떠올라 아침을 엽니다.

당신이 당신인 이유는 살아 있기 때문입니다.
온갖 시련과 아픔이 당신을 덮을 때에도
당신은 무거운 허리를 일으켜 삶의 시간을 열어갑니다.

시련과 고통에 무너지지 않고 살아가는 삶의 시간들은
극복으로 아름답고 당신은 위대함으로 빛납니다.
그러니 삶은 기도가 되고 당신은 부처가 됩니다.

시련을 능히 이긴 자
고통을 능히 극복한 자
그래서 삶의 바른길을 말해주는 자
우리는 그런 사람을 부처라고 불러야 하지 않을까요.

삶의 모든 시간을 존중하세요.
그리고 오늘을 사는 자신을 공경하세요.
그러면 모든 것이 불공이고,
모든 곳이 법당이 됩니다.
삶의 모든 행위가 불공이 되고,
당신이 머무는 모든 곳이 법당이 된다면
그 삶은 축복으로 넘칠 것입니다.

당신의 아침에 오늘도 해는 떠오릅니다.

## 진정한 쉼은 마음의 휴식입니다

꽃이 있고 별이 돋는 곳에서
사람들은 영혼의 힘을 얻습니다.
삶에 지친 자, 마음의 화를 다스리지 못한 자들이
자연 속에서 다시 평화롭게 일어서는 것을 보면
아름다움이 얼마나 큰 힘인지 알 수 있습니다.

아름다움을 잃는 것은 곧
생기를 잃는다는 의미이기도 합니다.
산사에서 만난 별들과 꽃들,
그들은 모두 내게 영혼의 힘을 선물합니다.
사람들은 모두 이 아름다운 것들을 통해
맑은 생명의 힘을 만나고 있다는 사실을 기억해야 합니다.

진정한 휴식은 마음이 쉬는 것입니다.
마음이 쉬지 못할 때
그것은 진정한 의미의 휴식이 아닙니다.

우리를 지치게 하는 것은 몸의 움직임뿐이 아닙니다.
마음의 분주한 움직임 역시 우리를 쉬이 지치게 합니다.

격무激務에서 벗어나 있어도 마음이 쉬지 못하고 있다면
그것은 또 다른 격무의 연장을 의미합니다.
몸은 쉴 수 있어도 마음은 쉬지 못하는 것이
지금 우리의 모습이 아닌지 돌아볼 일입니다.

마음이 쉬어야 합니다.
마음이 쉴 때 온전한 휴식과 변화를 만날 수 있습니다.
자연의 아름다움 속에서 영혼의 힘을 얻고
마음이 쉬고 변화하는 시간을 가져야만 합니다.

# 사랑하는 만큼 보입니다

사물의 창의성은
바라보는 사람의 겸손하고 따뜻한
사랑의 마음에서 비로소 살아날 수 있습니다.

이름을 몰라도 따뜻한 마음을 지니고 있다면
별은 내 마음속에 살아올라
어머니가 되고, 아버지가 되고, 내 유년의 앞산이 되고,
함성 아득한 내 어린 날의 계곡이 됩니다.

내가 느끼는 만큼 별은 가까이 다가옵니다.
내 눈앞에서 별은 맑은 가슴을 열어
아름다운 세계를 보여줍니다.
어쩌면 우리는 사랑하고 느끼는 만큼 볼 수 있다는 사실을
잊고 사는 것은 아닐까요.

번뇌를 벗어놓고 사랑하는 이의 이름을 부를 때

세상의 빛들이 내게로 걸어온다는 것을
이제야 깨닫습니다.
사랑이 아니면 어둠을 건을 수 없고,
참회가 아니면 분노를 지울 수 없다는 것을
사랑하는 이의 이름을 부르기 전까지
나는 몰랐습니다.

# 비우라고 숲이 말해주었습니다

나무가 그렇게 온통 자신을 비우며
떠난다는 사실을 바라보며
나무의 한 생애가 비움의 시간이라는 것을 깨달았습니다.
나무의 푸름도 향기로움도 모두 비움의 표현이었던 것입니다.
비우면 향기롭고 아름다워진다는 것을
나무는 온몸으로 말하고 있는 것입니다.

우리 역시 비우면 향기로워질 수 있을까요.
우리가 향기롭지 못한 것은
비우지 못한 채 살아가기 때문일 것입니다.
명예에 대한 탐욕, 권력에 대한 탐욕,
그리고 재물에 대한 탐욕,
그것은 모두 헛된 이름에 지나지 않습니다.
내 안에 나를 옭아매고 있는 것들을 다 비우면
저 숲처럼 스스로 향기로워지는 나를 만날 수 있다고
숲은 말해주고 있습니다.

## 착한 눈으로 바라볼 때 모든 것은 의미가 됩니다

삶은 언제나 의미를 찾아가는 일이라 믿고 있습니다.
의미를 잃어버린 삶은 언제나 공허할 뿐입니다.
누구에게나 인생은 한 번밖에 주어지지 않습니다.
그 한 번의 기회가 소중한 것입니다.

그냥 살아버리기에는 안타까운 삶 속에서
우주 전체와 아름다운 입맞춤을 하고 떠나야만 합니다.
단지 자신의 삶에 가려서
생명의 전체성을 깨닫지 못하게 된다면
그것은 그냥 물거품처럼 부서지는 삶과 다름없습니다.
얼마나 허무한 것인가요.
기쁨과 보람이 없는 삶을 마치고 가는 것은,
그리고 생명의 영원성을 깨닫지 못하고 떠나는 것은
얼마나 두려움 가득한 것일까요.

삶의 의미를 찾는 것은 착함에서 시작합니다.

착하지 않다면 우리는 너무 많은 것들을
방기放棄*하게 될 것입니다.

착한 눈으로 바라볼 때
이 세상 모든 것은 나를 그냥 지나치지 않습니다.
모두 다 내게 다가와 의미가 되는 것입니다.
작고 여린 것들, 그리고 슬프고 고통스러운 것들이 다가와
내 가슴의 문을 여는 것입니다.
그것들은 내 안에 모여 길이 됩니다.
그 길은 우리가 함께해야만 하는 생명의 길이 됩니다.

* 내버리고 아예 돌보지 않음.

# 사랑과 진정성을 지니고 살아가야 합니다

사람은 잘 변하지 않는다고 합니다.
그것은 자신의 삶에서 사랑과 진정성을 지니고
살아가지 않기 때문입니다.
만약 사랑과 진정성을 지니고 자기 일을 해나간다면
우리는 얼마나 많이 변했겠습니까.

정치인이 사랑과 진정성을 지니고 정치를 했다면,
종교인들이 사랑과 진정성을 지니고 살아가고 있다면
과연 우리가 사는 세상이 이럴 수 있을까요.

세상에 많은 정치인과 종교인이 있지만
과연 얼마나 많은 성군과 성자의 모습을
보았는지는 의문입니다.

# 6

## 당신이 이 세상에 다녀가서 참 다행입니다

## 당신이 행복해지는 열쇠를 드립니다

나는 내게 행복을 위한 주문을 겁니다.
내가 외로움에서 빨리 깨어나는 것도 행복 주문 덕이고
분노를 빨리 잠재우는 것도 역시 행복 주문 덕입니다.

안 좋은 것은 오래 생각하지 않기.
그리고 '행복하다, 행복하다' 열 번 외우기.
장난같이 들릴 수 있는 이 주문이
정말로 나를 웃게 하고 또 행복하게 합니다.

나는 인생을 좀 계산적으로 삽니다.
금전적인 것은 손해 봐도
행복은 손해 보지 말자고 다짐하며 살아갑니다.
때로 즐겁게 포기하는 것도 내 삶의 자세입니다.
내 삶의 기준은 지금 내 마음이 행복하고 즐거운가,
오직 그것에 달려 있습니다.

혹자는 내게 이렇게 말합니다.
그것은 너무 이기적인 삶의 방식이 아니냐고.
그럴 수도 있습니다. 아주 이기적일 수도 있습니다.
그러나 적어도 행복에 관해 이기적인 것은
또한 이타적이기도 합니다.

나는 행복의 전이를 믿습니다.
내가 행복하면 내 곁에 있는 사람도
함께 행복의 파동을 느낀다고 말입니다.
행복한 사람 곁에 있으면 덩달아 행복해지는 것.
이것이 행복의 말 없는 나눔입니다.

우리는 행복하기 위해 살아갑니다.
만약 지금 불행하다면 빨리 행복으로 돌아오십시오.
마치 용수철이 제자리로 돌아오듯 말입니다.
행복으로 돌아오는 열쇠를 당신에게도 드립니다.

나처럼 행복 주문을 외우세요.
날마다 '행복하다, 행복하다'
주문을 외우며 살아가세요.

# 나만의 행복한 시간을 만들어보세요

하늘에 별들이 있다는 것이 행복입니다.
먼 길을 걸어 찾아갈 집이 있다는 것이 기쁨입니다.
외로울 때면 찾아가 함께 손 맞잡고
이야기 나눌 친구가 있다는 것은 기쁨입니다.

눈을 뜨면 숲의 향기를 맡고
새벽하늘에 영롱한 별을 봅니다.
자연에 산다는 것이 순간순간 황홀일 때가 있습니다.
누가 이토록 아름다운 새벽 숲을 만날 수 있겠습니까.
출가해 사는 날들이 행복으로 다가오는 것도
이 새벽의 시간이 있기 때문입니다.

한 시간의 새벽 숲과 하늘과의 교감이
나를 행복하게 합니다.
그 한 시간은 세상 무엇도 부러울 것이 없습니다.
이 고요와 맑은 하늘에 빛나는 별들과 숲의 내음만으로도

내 삶은 충분히 행복합니다.
이 새벽은 행복의 바구니입니다.
나는 그 속에서 행복을 꺼내기도 하고 쌓아두기도 합니다.
그리고 그 바구니는 퍼도 퍼도 비워지질 않습니다.

오늘도 나는 새벽의 행복을 만납니다.
그리고 새벽의 행복을 가득 안고 법당으로 향합니다.

## 행복한 언어들을 즐겁게 말하며 살고 싶습니다

축하합니다.

아침에 일어나 누군가에게
축하의 말을 건네는 것은 기쁨입니다.
좋은 일보다 안 좋은 일이 많은 세상에서
마음에 기쁨을 담아 건네는 일은 행복입니다.
우리가 세상을 살아오면서 해오던 말들 가운데
기쁨과 행복으로 가득 찬 말은 실로 적습니다.

축하합니다. 사랑합니다. 감사합니다.

이런 행복한 말들을 마음껏 하고 살아오지 못한 날이
이제는 매우 아쉽기도 합니다.
무엇이 내 삶의 행복한 언어들을 다 앗아갔는지
곰곰이 생각해봅니다.
그것은 너무 자신에게 집착한 삶의 결과이기도 합니다.

이제는 행복한 언어들을 즐겁게 말하며 살고 싶습니다.
오늘 아침이 그 시작이었으면 좋겠습니다.

축하합니다. 사랑합니다. 감사합니다.
행복한 언어로 물드는 아름다운 날들이
이어지길 기도합니다.

## 변화하기에 사랑할 수 있습니다

귀엽고 예쁜 계절이 내게는 겨울입니다.
꽃들이 피어나는 봄날도 좋지만
하얀 눈이 꽃처럼 내리는 겨울도 내게는 아름답습니다.
때로 너무 추위가 심한 날은
그런 마음이 사라지기도 하지만
새벽녘 하얀 고요를 맞이할 때
겨울은 참 좋은 계절이라는 것을 다시 일깨워줍니다.

사계절이 있다는 것은 참 좋은 일입니다.
늘 겨울이고 늘 여름이면 당연히 싫어지겠지만,
겨울 가면 봄이 오고, 봄 가면 여름이 오기에
이렇게 겨울을 사랑합니다.

변화하고 무상하다는 것.
그것은 허무가 아니라
오히려 사랑의 단어라는 것을 이제야 압니다.

변화하기에 사랑할 수 있고,

사랑하기에 또 아름답게 보낼 수 있습니다.

우리의 인생이 영원하다면

이렇게 사랑할 수 있을까요.

늙은 날이 있어 젊은 날이 좋은 것이고,

죽음이 있어 삶이 아름다운 것이기도 합니다.

물처럼 흘러가세요.

인연 따라 거부하지 말고 흘러가세요.

물이 흐르다 바다인지도 모르고 바다에 이르듯

우리도 그렇게 흘러갈 때

저 피안彼岸*에 이르게 될 것입니다.

* 이승의 번뇌를 해탈한 열반의 세계.

# 천천히 걸어도 되는 길로 가세요

오솔길 건너 물길,

물길 건너 다시 오솔길.

길을 걸으며 우리들 삶의 길도

이만하기를 기도합니다.

우리가 욕심을 버린다면

그런 삶의 길을 걸어갈 수 있습니다.

그런데 우린 언제나 가야 할 길이

빠른 길이기를 기대합니다.

직선과 고속.

그런 고속의 길은 언제나 위험을 내포하고 있습니다.

한순간만 자신을 놓으면

우린 즉시 위험과 만나야 합니다.

언제나 집중과 긴장을 요구합니다.

그래서 삶이 그만큼 피곤해지기도 합니다.

삶이 좀 더 여유로우려면
우리들 삶의 길이 빠른 길이 아니라
오솔길이어야 합니다.
천천히 걸으며 동행과 이야기를 나누고
실수를 해도 향기로운 풀밭에 넘어지면 되는 것.
그런 길을 택하세요.

그 길이 빠른 길보다 더 우리를 행복하게 합니다.
욕심을 버리면 우리는 그 길을 만날 수 있습니다.
나는 그 길을 만나러 가는 중입니다.

## 기다리고 있을 것이라는 믿음으로 살아가세요

겨울의 눈 많은 곳을 찾아가고 싶습니다.
그리하여 인적 드문 하얀 길을 조용히 걷고 싶습니다.
뽀드득뽀드득, 눈 밟는 소리를 들으며
가장 깊은 고독의 시간을 만나고 싶습니다.

어떤 이는 많은 추억을 안고 살고
어떤 이는 많은 원망을 안고 살아갑니다.
그러나 나는 원망보다 추억을 안고
살아가기를 기도합니다.
용서하지 않으면, 이해하지 않으면
삶의 어느 시간에 추억이 꽃처럼 피어나겠습니까.

사랑도, 이별도, 그리고 그 아련함까지도
모두 사람의 일입니다.

이해할 때 삶의 시간은 추억이 됩니다.

그것은 인생의 길가에 핀 아름다운 꽃이기도 합니다.
꽃이 흔들릴수록 아름답듯이
우리 인생이 흔들릴 때마다
추억 역시 우리 곁을 아름답게 지켜줄 것입니다.

어느새 내 마음에 눈이 내리고 있는 것 같습니다.
깊은 고독의 시간 속에 들어와 있는 것 같습니다.
그 중심에 서서 말합니다.
당신을 이해합니다.
받아들이고 살면 평온해집니다.

가을 길 끝에 겨울이 있고
겨울 길 끝에 다시 봄이 있습니다.
우리 걸어가는 길에도 역시 이렇게
또 다른 시간과 세계가 기다리고 있습니다.
그래서 지금의 어려움이 전부라고 생각해서는

안 되는 이유를 발견하게 됩니다.

이 어려움이 지나면 또 행복한 시간이
기다리고 있을 것이라는 믿음으로 살아가세요.
삶이 어찌 시련만 있을 수 있으며,
어찌 즐거움만 있을 수 있겠습니까.
어려우면 어려운 대로, 즐거우면 즐거운 대로
그렇게 사는 것이 풍만한 가치가 있는 삶입니다.

# 가진 것 없어도
# 웃는 사람이 되고 싶습니다

가진 것 없어도 웃는 사람의 모습은
꽃처럼 아름답습니다.
가진 것 없어도 자유로운 사람은
바람과 같이 신선합니다.
살다가 이런 사람 하나 만나는 일은
행복한 일입니다.
그런 사람이 빛이 되고 희망이 되기 때문입니다.

성인 같은 사람이 곁에 있을 때
그윽하게 밀려오는 행복감,
사람의 향기는 꽃보다 진한 것인지도 모릅니다.

모두 다 부정하고 힘들다 투정하는 시간 속을
꽃처럼 혹은 바람처럼 걸어가는 사람의 뒷모습에는
눈부신 빛들이 가득합니다.
그 빛은 밝음이고 따뜻함이고

또한 감동이기도 합니다.
얼마나 많은 생을 닦아야 금생에
저토록 눈부신 모습을 지니고 살아갈 수 있을까요.

아름다운 스님이 머물다 간 빈자리에 남겨진
빛의 향기 속을 거닐며
나도 그러하기를 기도합니다.

## 마음을 닦으세요

몸은 늙고 허물어지게 되어 있습니다.
몸을 사랑하다 몸이 늙고 허물어지면
사랑은 무엇이겠습니까.

마음을 사랑하세요.
마음은 모습이 아니기 때문에
허물어지고 사라져 없어질 일이 없습니다.
때로 마음이 모나고 굽어질 때도 있겠지만
마음은 시간과 상관없이
언제나 곱게 다시 펼 수 있습니다.
몸에 대해서 우린 무력하지만 마음을 닦으면
마음에 대해서 우리는 한없이 강해질 수 있습니다.

이 마음을 잘 조절할 수만 있다면
우린 늙어도 행복할 수 있고, 가난해도 부유할 수 있고,
굶어도 미소 지을 수 있습니다.

## 돈은 행복의 전부가 될 수 없습니다

어떤 사람은 모든 것을 다 가지고도 불평만을 말하고
어떤 사람들은 가진 것이 없어도 그냥 행복해합니다.
이런 것을 보면 있고 없고가
행복과 불행의 기준은 아닙니다.

그러고 보면 돈을 벌기보다는 마음을 닦는 일이
행복을 위해서도 더 중요한 일이 됩니다.
그러나 우리는 너무 자주 이러한 사실을 잊고 삽니다.
돈의 가치가 행복을 앞서는 것입니다.

돈은 행복의 전부가 될 수 없는데도
우리는 돈에 눈멀어 쉽게 범죄를 저지른 소식을 접합니다.
과연 그렇게 번 돈으로 우리가 행복할 수 있을까요.

부처님은 처음도 좋고, 중간도 좋고,
끝도 좋아야 한다고 말씀하셨습니다.

과정이 좋지 않으면 그 결과물은 아무런 의미가 없습니다.

전도된 삶의 방식을 버리는 일.

그 일이 행복을 위한 시작입니다.

# 바람의 마음으로 세상을 살아가세요

해가 지는 시간에 절을 출발해 바다까지 걸었습니다.
하늘에 검붉게 노을이 걸리고 바다까지 이어지는 들길엔
황금빛으로 익어가는 벼들이
바람에 일렁이고 있었습니다.
벼들이 일렁이는 들녘에서
나는 바람의 그림자를 보았습니다.

형상 없는 바람이 이 들녘에 그림자를 내보인 것은
들길을 그만큼 사랑하기 때문이라는 생각을 했습니다.
나는 바람의 마음을 읽은 것입니다.

이렇게 하나씩 스승 없는 공부를 합니다.
혼자 이해하고 혼자 사유하며 자연을 배워갑니다.
그것이 맞고 틀리고는 중요하지 않습니다.
다만 그 순간 얼마나 큰 사랑과 얼마나 맑은 진정성을 가지고
자연을 보았느냐가 중요할 뿐입니다.

그런 순간이면 나도 바람이 되는 것만 같습니다.
바람이 되어서 저 들길을 마구 달려가는 것만 같은
착각에 젖어들기도 합니다.

행복합니다.
바람이 된다는 것은 정말 황홀한 일입니다.

## 기쁨만 아니라 슬픔과 괴로움도 사랑하려 합니다

행복하기란 얼마나 쉬운가요.
자신이 지니고 있는 것을 사랑하기만 하면 됩니다.
그러나 촌로村老도 하는 일을 도시 사람들은 못 합니다.
가난한 촌로도 하는 일을 부유한 사람들은 못 합니다.

만약 누군가 행복하지 않다면
그는 자신이 가지고 있는 것을
사랑할 줄 모르는 사람입니다.
그러면서 또 다른 것을 찾아 밖을 서성이는 사람입니다.
밖에서 무언가를 찾는 것은 또 얼마나 힘든 일인가요.

설사 또 무언가를 찾아 거머쥔다고 해도
그는 여전히 그것도 사랑하지 못한 채
또 다른 무언가를 찾기 위해 동분서주할 것입니다.
그는 자신이 가진 것을 사랑하지 않는 한
결국 불행한 사람으로 남게 될 것입니다.

나는 내게 있는 것들을 사랑하고 있을까요.
내가 가진 것 중에는 즐거운 것도 있고 괴로운 것도 있고,
아주 가치 있는 것도 있고 쓸모없는 것도 있습니다.
그러나 이러한 모든 것을
좋고 나쁜 것으로 나누려고 하지 않습니다.
내게 있는 기쁨뿐만 아니라
슬픔과 괴로움까지도 사랑하려고 합니다.

그 모든 것은 살아 있어 만날 수 있는 것이기 때문입니다.
만약 내가 존재하지 않는다면
괴로움과 슬픔도 만날 기회조차 없었을 것입니다.
행복만이 아니라 어쩌면 슬픔과 고통까지도
삶의 선물인지 모릅니다.
생의 힘든 시간이 찾아올 때마다
이 사실을 떠올리기 위해 노력해야 합니다.

## 바다의 소리는
## 텅 빈 충만으로 가득합니다

바다에서는 모든 것이 아름답게 다가옵니다.
그것은 바다가 언제나 일미평등一味平等*하기 때문입니다.
바다에 가면 분별심을 버리고 모두가 하나 되어
함께하는 마음을 만날 수 있습니다.

바다는 그 마음의 길을 보여줍니다.
일망무제一望無際**로 분별심을 지우고, 일미평등한 성품으로
함께하는 것의 아름다움을 일깨워줍니다.
그곳에서는 모든 물길이 자기의 이름을 기꺼이 버립니다.
함께한다는 믿음이 있기 때문입니다.

그래서일까요.
바다의 물결 소리가 가슴에 한번씩 들고 날 때마다
나는 모든 것을 다 이룬 듯 아주 유쾌한 기분이 됩니다.

* 사물과 사물의 경계가 없는 평등함.
** 한눈에 바라볼 수 없을 정도로 아득하게 멀고 넓어서 끝이 없음.

바다의 물결소리가 사바하 사바하, 하며
모든 소원을 다 이루었다고 말해주기 때문입니다.

바다는 이미 다 이루었으므로
더 이상 이루어야 할 것이 없습니다.
이루지 못해 안달하는 것은 인간들의 일일 뿐입니다.
그래서 바다는 넉넉하고 편안합니다.
더 이상 이룰 것이 없으므로 바다의 소리는
텅 빈 충만으로 가득할 뿐입니다.

# 웃으면 미래에 행복의 꽃이 만발합니다

표정은 단순하게 어제와 오늘만을 내보이지 않습니다.
표정을 읽다 보면
업에 얽힌 그의 전 생애가 보이는 듯도 합니다.

업대로 산다는 말이 있듯이
표정을 자세히 들여다보면
그가 생의 시간을 어떻게 맞이하고
어떻게 보낼 것인지 대충은 읽힙니다.

표정은 중요합니다.
표정이 그리는 대로 우리의 미래는 결정됩니다.
밝고 행복한 미래를 맞이하고 싶은가요.

웃으세요.
그리고 그 웃음과 부드러움을 미래의 텃밭에 모종하세요.
그러면 우리 미래에는 행복의 꽃이 만발할 것입니다.

# 행복은 마음의 문제입니다

행복과 평화는 비움의 길에서만 만날 수 있습니다.
채우고 소유하는 것은
결코 행복을 위한 일이 아닙니다.
가진 것까지도 버리고자 할 때 안으로 풍성해지고,
무소유가 불안으로 다가올 때
안은 그만큼 황폐해졌다는 것을 의미합니다.

세상의 많은 부자가 행복하지만은 않고
세상의 많은 가난한 사람이 꼭 불행하지만은 않은 것은
행복이 마음의 문제임을 일깨워줍니다.

삶은 언제나 죽음과 함께합니다.
삶이 소유의 문제라면
죽음은 비움의 문제입니다.
그러나 삶과 죽음은 멀리 떨어져 있는 것이 아닙니다.
그것은 언제나 함께하고 있습니다.

우리는 무상한 존재일 수밖에 없습니다.

소유하되 집착하지 않는 것이

우리 삶의 방식이 되어야 하는 이유입니다.

## 내 앞의 작은 소리를 듣는 연습을 하세요

어찌 보면 이 세상에서 큰 소리로 외치는 것은
다 보잘것없는 것인지도 모릅니다.
그것은 정의나 평등이라는 외피를 두르고 있으나
모두 탐욕일 뿐인지도 모르겠습니다.
내 앞에서 들려오는 작은 소리를 들을 수 있어야 합니다.
그래야 행복할 수 있으니까요.

꽃이 피고 지며 말하는 소리,
새벽 산사의 종소리,
별이 길을 떠나는 소리,
노스님의 작고 가까운 말씀들.
그것은 모두 탐욕을 버려야
들을 수 있는 소리이기도 합니다.

당신은 작은 소리들을 얼마나 들을 수 있나요.
큰 소리에 청각이 망가진 사람들은

섬세하고 아름다운 소리들을 들을 수 없습니다.
그러니 이제부터라도 작은 소리들을 듣는 연습을 하세요.

마음을 비우면 하나씩 하나씩 그 소리들은
당신에게 날아와 단풍처럼 물들 테니까요.
그러면 얼마나 행복할까요.
작은 소리들을 듣고
행복해할 당신을 위해 기도하겠습니다.